Zauberreise

Ursula Göttinger

Zauberreise

Herstellung und Verlag:
Books on Demand GmbH D-Norderstedt

Zauberreise
Ursula Göttinger
Alle Rechte bei der Autorin
Fotos: U. Göttinger

Direktbestellungen bei der Autorin:
Ursula Göttinger
Peter-Hans-Str. 10
D-84494 Neumarkt-St.Veit
Email nini@spiegelbuch.de
www.praxis-goettinger.de

ISBN 3-8334-3767-7

Die Deutsche Bibliothek verzeichnet diese Publikation
in der Deutschen Nationalbibliografie;
detaillierte bibliografische Daten sind im Internet über
http://dnb.ddb.de abrufbar.

Wie das Wasser, ob rasant sprudelnd,
oder tief in sich ruhend, wartet deine Seele,
dass du ihr lauscht und in sie eintauchst,
um dich besser kennen und lieben zu lernen...

Inhalt

Abschied   11

Die Veränderung   28

Der Fluss teilt sich...   38

Eine neue Entscheidung   46

Rosenduft   49

Seerosenteich   54

Das neue Zuhause   60

Das zauberhafte Schloss-Weihnachtsfest   70

Epilog: 84

*Erlaube dir, die Augen und dein Herz
für die Schönheiten dieser Welt zu öffnen...*

Abschied

Es dämmerte schon, als Pasco fröhlich den Heimweg vom Meer in Richtung der einsamen Hütte auf dem majestätisch über das Meer ragenden Felsvorsprung antrat.

Pasco hatte den ganzen Nachmittag gefischt und schlenderte nun beladen mit seiner farbenprächtigen, glitzernden Beute nach Hause.

Wie schön er es doch hatte, wie glücklich er doch war, in welchem Paradies er doch hier leben durfte... Sonne, Meer, Schätze des Meeres und Früchte des Landes... welch wertvolles Geschenk, dachte sich Pasco, als er pfeifend in Richtung seiner Hütte schlenderte.

Der Rauch des abendlichen Feuers fehlte ebenso wie der Gesang der Mutter, die um diese Tageszeit sonst immer froh gelaunt in ihrer weißen, frisch gestärkten und gebügelten Schürze auf der Terrasse stand und ihren Sohn erwartete.

Ein seltsames Gefühl befiel Pasco. Seine Mutter war sonst äußerst zuverlässig und pünktlich. Es war für sie sehr wichtig, ihren Sohn ebenfalls zu größter Zuverlässigkeit und Pünktlichkeit zu erziehen und ihm das Wertvollste und Wichtigste für das Leben eines „Ehrenmannes", wie sie immer wieder betonte, zu vermitteln.

Pasco konnte bereits lange vor Schulbeginn lesen, schreiben und rechnen. Er war den Dorfkindern in dieser abgelegenen, ärmlichen Gegend von seinem Wissen und seinem Können her so weit voraus, dass man froh war, als seine Mutter beschloss, den Unterricht ihres Sohnes wieder selbst zu übernehmen.

So kam es, dass Pasco wenig Kontakt zu der Dorfjugend hatte. Seine Mutter legte größten Wert darauf, dass er sich möglichst selten mit ihnen traf. Sie hatte Angst, dass er in Streitereien hätte verwickelt werden können oder gar die ungepflegte Sprache der Gegend hätte annehmen können.

So blieben Pasco eigentlich nur seine Tiere, die Mutter und der Onkel, der Tierarzt, ein weitschichtiger Verwandter seines verstorbenen Vaters, der sich vertrauensvoll regelmäßig um die Kühe, die Schafe und die Ziegen kümmerte. Pascos Mutter legte Wert darauf, dass der Tierarzt sich auch den Katzen, dem Hund und den Hühnern widmete. Sie war sehr darauf bedacht, dass ihre Tiere immer gut genährt, gepflegt und gesund waren. Der Tierarzt, Onkel Sena, erfüllte der Witwe ihren Wunsch und insgeheim bewunderte er sie, wie ordentlich und gepflegt es doch bei ihr war. Selbst der Stall wirkte immer rein und aufgeräumt.

Sena fühlte sich wohl bei Pascos Mutter, Elisabeth, obwohl sie keine allzu große Nähe zuließ. Elisabeth bestand darauf, dass Pasco Sena möglichst oft bei seiner Arbeit begleitete, damit er schon in jungen Jahren vieles über eine gute Tierhaltung und die Gesundheit der Tiere lernen konnte. Und Elisabeth wusste, dass Sena ihrem Sohn mit Freude und Hingabe den Zugang zur Tiermedizin und auch zur Philosophie eröffnen konnte. Sena hatte nebst Tiermedizin einige Jahre Philosophie studiert und war darin ein guter Lehrer und er fand in Pasco einen höchst interessierten und zuverlässigen Schüler. Wie gerne hätte Sena doch damals sein Studium in Philosophie beendet, doch das Geld fehlte und im Heimatdorf wurde dringend ein Tierarzt gebraucht. So drängten Senas Eltern, dass er möglichst bald die Praxis des kranken Vaters übernehmen solle. Sena liebte seinen Beruf und seine Tiere. Und er liebte besondere Menschen wie Elisabeth und Pasco. Sie konnten so fasziniert zuhören, stellten interessierte Fragen und hatten auch ganz besondere Worte für ihre Betrachtungen der Welt, der Tiere, der Menschen und der Natur. Sena fühlte sich bei Pasco und Elisabeth einfach wohl und so gut aufgehoben. Ja, hier war er daheim, nicht in dem lauten Dorf im Hinterland, nicht bei seiner keifenden, dicken, schlampigen Frau und den verwahrlosten Kindern. Wie liebte er doch Elisabeths klassische Musik, Pascos Geigenspiel, den Duft des Kaffees und des köstlichen, frisch gebackenen Kuchens, serviert auf dem feinen Porzellan, gedeckt mit dem schönsten Silberbesteck auf der weißen, ordentlich gebügelten und gestärkten Spitzentischdecke.

Er liebte den sanften Wind, der vom Meer her über die Klippen wehte. Er bestaunte die sich im Winde treiben lassenden Möwen, die die Hütte umschwebten. Sena genoss die Ruhe und die Wärme bei Elisabeth, die feine, wohl überlegte Wortwahl und die gepflegte Ausdrucksweise. Wie er sie liebte..., diese wunderbare Frau und diesen zauberhaften Jungen. Doch er wusste, dass es nicht sein durfte. Er unterdrückte seine Gefühle, obwohl es ihm nicht leicht fiel, doch er genoss wenigstens die Stunden, die ihm gegönnt waren, und er zehrte noch lang davon.

Elisabeth sprach nie über ihre geheimnisvolle Herkunft. Auch Pasco gegen-über schwieg sie zu diesem Thema, das sie immer noch tief zu verletzen schien. Sena und Pasco ahnten nur, dass Elisabeth aus einer sehr gepflegten, gebildeten und wohlhabenden Familie stammen musste. Doch nun war sie verarmt und hatte bis auf ihre wenigen Habseligkeiten, die sie sehr zuverlässig pflegte und bewahrte, kaum noch etwas.

Seit dem Tode ihres Mannes war alles noch viel schwieriger geworden, doch sie versuchte, sich Pasco gegenüber nichts anmerken zu lassen. Für Pascos Vater hatte sie damals über Nacht alles aufgegeben, was ihr lieb und teuer war. Sie hatte sich den Groll und die Ablehnung ihrer Familie zugezogen und sich für immer von ihrer gesamten Verwandtschaft losge-sagt und für die Liebe entschieden. Warum, warum wohl war nicht beides gleichzeitig möglich gewesen? Elisabeth folgte ihrer tiefen inneren Liebe und ihrem Theo in das fremde Land. Sie fühlte sich mit Theo tief und innig verbunden, doch ansonsten fremd, als Außenseiterin, und in der neuen Heimat, die nie zu der ihren wurde, traurig, fremdartig und alleine.

Doch was war es, was Pasco an jenem Abend so verunsicherte, als er erst froh gelaunt, dann jedoch immer irritierter und bedrückter Richtung Haus schlenderte?
Noch nie hatte der Rauch gefehlt. Das Feuer loderte immer im Haus, wenn er abends heim kam. Auch hörte er normalerweise schon von wei-tem die Musik. Entweder klassische Klänge aus dem alten Plattenspieler, Mutters Geigenspiel oder ihren Gesang. Doch all dies fehlte..., was war geschehen?

Tief beunruhigt kam Pasco dem Hause näher. Es durfte einfach nicht sein, was er befürchtete... Er brauchte sie doch noch so sehr. Beim Vater war es schon bedrückend, als sein Körper eines Morgens nach langem Bangen leblos am Strand angeschwemmt wurde. Aber jetzt Mutter? Nein, sie konnte ihn doch nicht alleine lassen.

Einerseits wissend, andererseits die Wahrheit ablehnend – mit dem Schicksal bereits kämpfend und hadernd – betrat er das Haus. Stille..., einsame Stille. Wie seltsam. – Kein Laut war zu vernehmen. Keine Musik, kein Feuer, kein Gesang, kein Bellen des Hundes, kein Gackern der Hühner. Auch die Kühe, Schafe und Ziegen verhielten sich ungewöhnlich still. Nein, das durfte nicht sein! Nicht Mama, nein! Sie gehörte hierher! Hier in diese Hütte! Er musste doch noch so vieles von ihr lernen. Mama gehörte hierher, hier an Pascos Seite. Doch er wusste innerlich längst, dass Elisabeth bereits woanders war. Diese wunderschöne, grazile, wertvolle Frau..., einfach davongeschwebt in andere Sphären... ?

„Wo bist du nur Mama? Deinen Körper habe ich hier auf diesem Bett gefunden, ordentlich gekleidet, liebevoll gebettet, als ob du dich nur eben kurz ausruhen wolltest. Doch du, Mama, wo bist du wirklich? Ich liebe dich doch so sehr! Ich brauche dich! Lass mich bitte, bitte jetzt nicht alleine. Nicht hier, - nicht jetzt!" –

Schluchzend lag Pasco Minuten oder gar Stunden über dem leblosen Körper. Er fühlte, dass Elisabeth – oder zumindest ein Teil von ihr - noch anwesend war. Er fühlte ein sonderbares helles Licht, - er fühlte Wärme und Geborgenheit, obwohl er andererseits wusste, dass sie bereits weg, schon woanders war.

Der Morgen graute, das Feuer fehlte und es blieb still. Nichts rührte sich in der Hütte, nichts mehr wies auf das frühere fröhliche, liebevolle Leben in diesem Hause hin. Alles still, einsam, tot und verlassen.

14

Pasco fühlte sich schrecklich elend, als er erwachte. Hatte er geträumt? Wo war Mutter? Bitte hilf mir, sag mir, dass ich nur einen schrecklichen Traum hatte. Gleich wird Mutter mir liebevoll über die Wange streicheln...

Nichts, einfach nichts..., es blieb stumm, einsam und leer. Da lag sie diese wunderschöne Frau, als ob sie nur eben mal kurz schliefe. Doch Pasco war mit einem Schlag hellwach und wusste genau, was geschehen war.

Plötzlich konnte er ganz klar denken. Es war wichtig, jetzt keine Fehler zu machen. So vieles schoss ihm durch den Kopf. Erst jetzt wurde ihm klar, warum ihm seine Mutter so vieles eingehämmert hatte, was sein Leben und seine Zukunft anbelangte. Damals wollte er all das nicht hören. Er verdrängte, vertagte es auf irgendwann später. Doch *jetzt* war *dieses Später!*

Hatte sie es gewusst? Hatte sie geahnt, dass sie ihn bald verlassen würde? Hatte sie ihn deshalb so gut vorbereitet, alles organisiert, so perfekt, wie es nun einmal ihre Art war?

Im Andenken an Mutter, ihr zu Ehren, musste nun alles sehr gut überlegt sein und genauso ablaufen, wie sie es sich gewünscht hätte. Doch was hätte sie getan?
Pasco hatte sich schon oft darin geübt, sich in andere Menschen zu versetzen, in sie hineinzufühlen, sie zu sein. Nun war also die erste Prüfung!
„Fühle dich in Elisabeth hinein! Was hätte sie getan?", ertönte eine klare, liebevolle Stimme. Pasco sah sich um, doch er sah niemanden. Wo kam diese Stimme her? Doch irgendwie kannte er die Stimme und unbewusst wusste er, dass ihn diese Stimme weiter begleiten würde...

Durch einen Tränenfilm flimmerte das Bild einer wunderschönen, weißen Frau vorbei. „Halt, bleib... hier, wer..., wer bist du?" Mit tränenerstickter Stimme stammelte Pasco seine Frage in den Wind. Er war sicher, dass ihm der Wind nicht antworten würde.

Doch nach einem tiefen Schluchzen vernahm er die Stimme des Windes, - oder war es ihre Stimme, die Stimme der weißen Frau?

„Hier, hier bin ich. Hier und da und überall. Jetzt und immer. Immer für dich, für dich bin ich da. Du brauchst mich nur rufen und ich komme. Ich bin eine weise Frau und dafür da, dich zu begleiten und dir mit Rat zur Seite zu stehen."

„Eine weise Frau? Bist du Mutter, oder ein Teil von ihr?"

„Die Antwort ist in dir! Ich bin dein weiser Teil, deine innere Weisheit und erscheine dir momentan als weiße, weise Frau, vielleicht als weise Mutter, einfach als das, was du gerade am sehnlichsten brauchst. Das worauf du vertraust, dass es dir richtige und weise Antworten auf all deine Fragen gibt. Mag sein, dass du einige Antworten nicht gleich annehmen oder verstehen kannst, aber glaube mir, so wie es geschieht, ist es richtig für deine Entwicklung, für dein Leben, für dich."

„Aber warum, warum nur musste meine Mama sterben, warum ist sie nun tot, warum ist sie von mir fortgegangen?"

„Aber wer sagt denn, dass sie weg ist? Mag sein, dass du das jetzt so siehst, weil das die anderen Menschen so sehen und dir so beigebracht haben. Doch überleg einmal, wie hat damals deine Mutter vom Tod deines Vaters gesprochen?"

„...Hm, nein, daran will ich nun nicht auch noch denken, es ist alles so schmerzhaft, so unendlich traurig, nun bin ich ja ganz alleine!"

„Alleine?", fragte die weise Stimme. „Ich bin doch bei dir! Halt ein, wer ist es denn, der dieses traurige Gefühl produziert, wer ist es denn, der sich so unend- lich Leid tut? Nur weil du gelernt und gehört hast, dass der Tod, das Sterben, *der irdische Verlust eines geliebten Menschen schmerzhaft sei, nur deshalb leidest du?"*

„Ja, aber... was soll nun aus mir werden?"

„Denk daran, was du alles bereits lernen und erfahren durftest. Viele Menschen erfahren ihr ganzes Leben lang nie so viel Liebe, Wärme, Zuwendung und tiefes Wissen, wie du bereits erleben durftest.
Deine Mutter konnte dir in den wenigen Jahren bereits so viel vermitteln, dass dies der Grundstock, die Basis für dein weiteres Leben ist. Und es ist viel, sehr viel an tiefer innerer und äußerer Weisheit. Du bist nun gefordert, du bist aufgerufen, das alles umzusetzen, es zu leben und weiteres tiefes Wissen zu erfahren."

„Meinst du, liebe weise Frau, dass mir Onkel Sena eine Hilfe sein könnte?"

„Gut, sehr gut, an den haben wir beide jetzt gerade gleichzeitig gedacht. Und ich verrate dir eins, er ist bereits auf dem Weg zu dir. Ordne das Haus, pflege die Tiere, mach alles so, wie es deine Mutter immer getan hat. Schließe die Augen und fühle einfach, was du als nächsten Schritt tun darfst, und es wird richtig sein. Verlass dich auf dich und deine innere Wahrheit, sie wird dir deinen Weg weisen."

„Ja, jetzt spüre ich tiefe Sicherheit. Ich spüre, dass ich es schaffen werde und ich bin dankbar, dass ich von Mama so viel Wertvolles geschenkt bekommen habe. Danke, Mama, danke dir, liebe weise Frau und Dank dem Leben. Ich werde es gebührend leben."

„Erlaube mir, dass ich dich begleite. Ich werde immer in deiner Nähe bleiben, wenn du Rat suchst, brauchst du mich nur zu rufen. Ich verrate dir noch eines:

... eigentlich haben alle Menschen so eine weise Gestalt, einen weisen Begleiter.
Die meisten haben nur den Zugang und das Vertrauen zu ihm verloren.

Doch du weißt nun schon wieder sehr viel mehr.
Siehst du, jedes Ereignis hat einen tieferen Sinn,

... und du bist dabei, all das tiefe Wissen
und die tiefen Zusammenhänge zu erfahren... .

Also dann, sei frohen Mutes, damit ehrst du deine verstorbene Mutter am meisten. Hab Dank, dass du mich gehört hast, hab Dank, dass du mich in dein Leben einziehen lässt. Ich verspreche dir eine der wertvollsten Freundschaften für dein Leben, ... und weit darüber hinaus."

Nun hörte Pasco deutliche Schritte nahen. Der Rauch seiner Tabakpfeife eilte Sena mit dem Wind, gemischt mit dem salzigen Duft des Meeres, wie immer voraus. Gefasst und um Jahre gereifter erschien Pasco auf der aus Natursteinen des nahe gelegenen Berges gemauerten Terrasse. Das Feuer brannte im Kamin, die Terrasse war frisch gekehrt, der Kaffe dampfte in der wertvollen Porzellankanne auf dem weiß gedeckten Tisch. Was für ein Anblick! Hier in dieser kargen, abgeschiedenen Gegend, auf dieser einsamen, hoch über dem Meer gelegenen Terrasse, dieses Bild eines bis ins Detail gepflegten Kaffeetisches. Das Silber lag an der richtigen Stelle. Pasco hatte den Tisch mit frischen Rosen aus dem Garten hinter dem Haus geschmückt und einen duftenden Kuchen gebacken.

Sena fühlte sich einfach wohl an diesem ruhigen, verzauberten Platz. Alle Details stimmten, wie immer. Nur Pasco schien ihm irgendwie älter, ruhiger und reifer. Doch langsam, ganz langsam fühlte er es. Ganz ohne Worte. Sie stand einfach da, die traurige Wahrheit, wie ein unverrückbarer Fels, nicht zu übersehen, nicht zu überhören und durch nichts zu verändern.

Sena spürte, dass Pasco das Thema bereits ganz alleine für sich begonnen hatte zu verarbeiten. Wie bewundernswert er doch war, dieser kleine, hübsche und intelligente Kerl, mit seinem schwarzen, vollen langen Haar, mit seiner milchkaffeebraunen Haut und mit seinen tiefbraunen Augen, in denen das strahlende Gold der blonden Haare von Elisabeth funkelte.

Was für ein außerordentliches Wesen, das sich grazil und trotzdem mit einer bereits jetzt männlichen Sicherheit zielsicher bewegte. Die Ausdrucksweise war wie bei Elisabeth, sicher, gewandt und gebildet. Einige markante Wesenszüge seines Vaters, dieses naturverbundenen, etwas introvertierten Einzelgängers, verbanden sich auf gar interessante Weise mit den nahezu aristokratischen Zügen von Elisabeth in diesem wortgewandten Jüngling.

„Wie alt bis du jetzt eigentlich?", fragte Sena.

„Welches Alter meinst du? Das kalendarische oder das emotionale? Das Alter meines Wissensstandes oder gar das meiner Seele? Nun, nach meiner Geburtsurkunde zu urteilen bin ich 14 Jahre jung."

„Ach, Pasco, wie ich dich doch einfach lieb habe. Du bist Sohn, Bruder, Freund, Vater, alles bist du für mich. Wie ich dich bewundere. Was sollen wir nun tun...? Doch ich bin mir sicher, dass du auch das alles schon auf deine Weise und sicherlich in innerer Absprache mit Elisabeth geklärt hast. Problematisch - doch andererseits, wie ich dich kenne, auch wieder eine wahre Lebenschance - scheint mir dein Alter. Mit 14 Jahren kannst du hier nicht alleine weiterleben. Ich würde gerne für dich sorgen, doch in meiner Familie ist kein Platz für dich. Das Erbe, die Erziehung und die Würde von Elisabeth muss weiterleben, weiterexistieren: in dir! Doch das weißt du sicher besser als ich. Was schlägst du vor?"

„Ich möchte gerne noch zwei Jahre so weiterleben wie bisher. Ich würde dich gerne bei deinen Hausbesuchen begleiten und mehr über deinen

Beruf lernen. Ich werde das Haus hier alleine versorgen und dich gelegentlich, so wie früher, um deine Besuche bitten. Abends möchte ich weiter Musik üben und aus Mutters Büchern lernen. Nebenbei möchte ich die handwerklichen Fertigkeiten meines Vaters perfektionieren, Fische fangen und diese im Dorf verkaufen. So werde ich es schon schaffen.

Keiner muss etwas von Elisabeths Tod erfahren. Ich wünsche, dass wir sie gemeinsam einbalsamieren und in die Felsenhöhle unterhalb unseres Hauses, in der Nähe des Meeres, einbetten. Sie liebte das Rauschen des Meeres, das Kreischen der Möwen und den Wind des Südens. Das alles soll sie weiterhin verzaubern an diesem denkwürdigen Ort. Sie wird weiter bei mir sein und ich werde ihr Andenken weiterleben lassen. Keiner wird etwas merken. Sie ging ja ohnedies kaum ins Dorf. Besorgungen habe ich immer gemacht und werde dies auch weiter so tun wie bisher. Außer dir hat sie nie jemanden empfangen.
Seit Vaters Tod hatte sie mit niemandem von Vaters Freunden oder Verwandten und mit niemandem aus dem Dorf mehr Kontakt. Du weißt ja, sie wurde hier nie akzeptiert. Sie hat die Menschen hier gemieden und umgekehrt genauso. Sie lebte ihr eigenes Leben, ihr Leben und ihre Gepflogenheiten aus ihrem Daheim, aus ihrer Familie, der sie wegen Vater den Rücken gekehrt hatte, da keiner mit ihrer Wahl einverstanden war. Genauso verhielt es sich in der Familie meines Vaters.

Solange Mama und Papa sich noch gemeinsam hatten, war alles so zauberhaft. Sie lebten wirklich ihre Liebe und ihre Gefühle; ...und ich, ich bin der glückliche Sohn, der eine solch tiefe Verbundenheit zweier sich von ganzem Herzen liebender Wesen miterleben durfte. Was für ein Geschenk. Es dauerte zwar nur kurz, doch umso intensiver. Nach Vaters Tod zelebrierte Mutter diese Liebe weiter, als ob sie alles überdauern würde. Und das ist es, was mir immer soviel Kraft und Lebensfreude gegeben hat. Das ist es, was meine weise Frau meinte, dass all dies weiterlebt und noch intensiviert werden kann, über den Tod hinaus.

Tod, Leben, - Leben, Tod, - Anfang, Ende, - was ist?
Wann beginnt es? Wann endet es?
Beginnt und endet es überhaupt irgendwann?
Oder ist das Jetzt -, das Jetzt, wie ich es gerade lebe
und wahrnehme, das Entscheidende?"

„Was für weise Worte, mein Sohn", flüsterte Sena.

„Weißt du, sie leben immer weiter, hier in mir, hier in meinem Herzen, und das macht sie unsterblich... . Ja, sie leben ewig weiter und ich bin der Glückliche, der dieses wertvolle Geschenk weiter in sich und bei sich tragen darf."

„Lass mich sie noch einmal sehen, führe mich zu ihr, bitte."

Sie fassten sich an den Händen. Feierlich und ehrenvoll näherten sie sich Elisabeths gepflegtem Zimmer. Die Türe war nur leicht angelehnt. Der Meerwind drang sanft in den Raum ein, als die glänzend schwarze Katze die Türe vorsichtig etwas weiter mit ihrem geschmeidigen Körper aufstieß.

Der Blick der beiden fiel in das von sanften Sonnenstrahlen durchflutete Zimmer. Die schneeweißen Vorhänge bewegten sich und spielten mit dem Wind. Einige Sonnenstrahlen huschten über Elisabeths Gesicht, um das Lichtspiel erneut von den im Meerwind tanzenden Vorhängen verändern zu lassen.

Die sanfte Meeresbrise mit ihrem salzig angenehmen Duft vermischte sich mit dem Aroma des zärtlichen Rosenparfüms und mit dem Duft der frischen Rosen, die das Gesicht von Elisabeth liebevoll umgaben und mit den Rosenblütenblättern, die auf der schneeweißen Decke so liebevoll dekoriert waren.

Liebliche Klänge klassischer Musik erfüllten den Raum. Sena und Pasco hielten sich die Hände und wiegten sich im Rhythmus der Musik und des Windes. Ihre Augen funkelten und einige kristallklare Tränen kullerten über ihre Gesichter. Es war alles so ruhig. Tiefe, tiefe Ruhe schwebte über allem. Der Raum, obwohl leicht abgedunkelt, erschien so hell, so unendlich hell, klar und erfüllt mit tiefem Frieden.

Lange, wer weiß wie lange, standen sie da, bewunderten das leblose Wesen, dessen Seele und Licht irgendwie im Raume noch anwesend war. Sie sogen den tiefen Frieden in ihre Seelen ein und tankten Ruhe, Licht und liebevolle Kraft.

Ohne Worte traten sie auf die Steinterrasse und ließen sich die salzigen Tränen auf ihren Gesichtern vom Wind trocknen. Sie schämten sich ihrer Gefühlsregungen nicht, nein, diese waren durchaus angebracht, sinnvoll und berührend.

Lange saßen sie schweigend da, hielten sich die Hände und blickten über die Weite des Meeres.

„Meinst du, dass sie uns sieht, dass sie uns fühlt?", fragte Pasco.

„Ganz gewiss, sie wird uns immer spüren und im weitesten Sinne immer bei uns sein."

„Ja, jetzt sehe auch ich SIE. Weit, weit draußen über dem Meer in der Nähe dieser watteweichen Schäfchenwolken sehe ich ihr Bild. Das Bild eines wunderschönen, lichtdurchfluteten Engels. Jetzt weiß ich, dass alles gut ist und dass sie immer bei mir sein wird und mich begleitet."

Wie selbstverständlich erledigten sie einvernehmlich alles, was zu tun war. Schnell und geschickt wurde Elisabeth in die Felsenhöhle eingebettet. Der Hund und die Katzen folgten ihnen, als sie von der Hülle der

Seele Abschied nahmen. Ansonsten begleitete sie nur der Wind und die kreischenden, sich im Winde treiben lassenden Möwen. Pasco und Sena zündeten einige Kerzen an, versprühten den von Elisabeth geliebten Rosenduft und sangen das von Elisabeth so geliebte Ave Maria, während sie sich an den Händen haltend weich zu der Musik bewegten. Es schien, als ob auch die Möwen, der Wind und die Wellen sich im Rhythmus des Gesangs bewegten. Was für ein berührendes Bild.

Das Haus wurde gereinigt, die Terrasse gefegt, die Wäsche gewaschen und nachdem der Wind diese mit seiner ganzen Kraft spielerisch schnell getrocknet hatte, frisch gestärkt und gebügelt. Die Betten wurden neu bezogen, stark duftende weiße und rosarote Rosen in die silbernen Wasserschalen gelegt und das ganze Haus mit dem Rosenduft von Elisabeth verzaubert. Während im Ofen ein brauner Kuchen langsam süßlich duftend größer wurde, der Kaffeetisch auf der Terrasse unter dem Feigenbaum weiß eingedeckt wurde und frischer Kaffee in die Kanne tropfte, begleitete Pasco und Sena Elisabeths geliebte klassische Musik.

Sie genossen den feierlichen Nachmittag und tauschten wertvolle Ansichten und Gedanken aus. Jeder von ihnen folgte seinen Gefühlen, ließ sie wie vom Winde treiben, um sie dann loszulassen, wieder einzufangen, sie in der Seele zu speichern oder mit dem Freund zu teilen.

Nachdem sie Kaffee und Kuchen genossen hatten, räumten sie alles auf, wie sie es von Elisabeth gelernt hatten. Das Haus war ordentlich gereinigt. Das Feuer brannte im Kamin und Pasco und Sena saßen wieder auf der Terrasse und öffneten gemeinsam eine geheimnisvolle silberne Schatulle, deren Aufbewahrungsort Elisabeth kurz vor ihrem Heimgang Sena anvertraut hatte.

Ein langer, in Elisabeths zierlichen Buchstaben, in Rätseln und Fragen gehaltener Abschiedsbrief mit der Überschrift: „Mein Ende - Dein Anfang", war sorgfältig um einige alte, vergilbte Fotos gebunden.

Ein Zettel mit einer Bestimmung hing an einem roten, weichen Samtbeutel, der mit einer goldgelben Kordel verschlossen war.

Mein Ende – Dein Anfang.
Du bist nie allein. Du wirst nie Not leiden.
Du hast gelernt, für dich zu sorgen.
Dieser Inhalt ist für den äußersten Notfall... .
Doch vertrau auf deine tiefen Fähigkeiten.

Viel mehr als mit irdischem Gold,
kannst du mit deinem Seelengold erfahren.

Viele Rätsel überflog er an jenem Abend nur flüchtig. Er konnte sie jetzt noch nicht lösen. Doch die Zeit würde kommen, sie würde ihm die Lösungen bringen. Vertrauen, das war es, was er jetzt brauchte.

Ein Umschlag trug die Aufschrift: „Erst zu öffnen am 20. Geburtstag".

Ein in rosafarbenes Seidenpapier eingewickeltes Stück Büttenpapier war fein säuberlich mit rosa Tinte beschrieben:

Für Pasco...

Mein Sohn, ich vertraue auf dich.
Du bist in der Lage, für dich und auch für andere zu sorgen,
indem du auf dich, deine inneren Werte
und die höhere göttliche, universelle Kraft vertraust.

Du bist mit anderen, wertvollen Seelen verbunden und
du wirst dich mit diesen Seelen austauschen.
Euere gegenseitige Hilfe sei euch gewiss.

Suche nicht krampfhaft eine Antwort oder die Lösung.
Die Lösung und die Liebe werden DICH finden.
Zulassen und Vertrauen...

Lausche dem Wind, lausche dem Wasser.
Folge dem großen Strom, der ins Meer fließt,
zurück in Richtung seiner Quelle, seines Ursprungs.

Lausche den vielen, anfänglich verwirrenden Stimmen des Wassers,
bis sie klarer und klarer werden, und du beginnst zu verstehen.

Du wirst weiterreisen, älter werden, dich verlieren, um dich wiederzufinden,
dich weiter entfernen, um nach Hause zu kommen.

Du bist von einem Stern da oben zu uns herabgefallen,
um einige Zeit mit uns zu verbringen, uns zu lehren...,
uns zu vereinen und um unsere Liebe zu besiegeln.

Jetzt bin ich es, die von einem dieser funkelnden Sterne,
des nächtlichen, klaren Sternenhimmels zu dir herablächelt.
Ich vertraue auf dich und begleite dich mit tiefer Herzenswärme.

Deine dich immer liebende Mama

Tief berührt faltete Pasco den Brief wieder zusammen, legte ihn in das rosa Papier und zurück in die silberne Schachtel.

Weit entrückt und tief andächtig saßen sie noch lange da, bis die Sterne am Himmel über dem Meer funkelten. Erst als das helle Licht der aufgehenden Sonne ihr am Horizont vorauseilte, verabschiedete sich Sena, und Pasco sank in Elisabeths Bett und entschwebte in einen tiefen, langen und erholsamen Schlaf.

Das Strahlen der Liebe
überdauert irdisches Leben...

Die Veränderung

Die Tage vergingen, die Monate flogen nur so dahin und Pasco wurde immer selbständiger und sicherer. Frühmorgens versorgte er die Tiere, putzte das Haus, wusch die Wäsche und machte Feuer. Jeden Tag genau wie Mutter, alles im selben Rhythmus, zur selben Uhrzeit. Dann ging er ans Meer hinunter und schob sein kleines, altes Fischerboot ins Wasser. Wie gewohnt kehrte er nach zwei Stunden mit reicher Beute zurück. Er schob das Boot wieder in den kleinen Bretterverschlag am Strand in der Nähe und im Schutze der Felswand und putzte die Fische im sprudelnden Süßwasserbach, der fröhlich über die Felsen Richtung Meer tanzte.

Froh gelaunt stieg Pasco wieder hinauf zu seinem Haus, bereitete sich einen Fisch für das Abendessen vor und fuhr auf seinem alten, rostigen Fahrrad in das Dorf, um dort im einzigen Geschäft seine Fische an den Besitzer zu verkaufen.

Wie immer feilschte dieser um den Preis, doch am Ende einigten sie sich vergnügt und Pasco kaufte noch etwas Mehl, Zucker und Reis ein. Er verabschiedete sich fröhlich und nahm die besten Grüße für seine Mutter entgegen. Dann drehte er noch eine kleine Runde mit seinem Fahrrad im Ort, grüßte die Leute freundlich, um dann glücklich und sicher seine holprige Heimfahrt wieder anzutreten.

Zu Hause machte er den Brotteig, ging in den Garten, holte Kräuter, Tomaten und pflückte das reife Obst. Bevor er mit seinem Rad den steinigen Weg bis zur Hauptstraße radelte, aß er eilig noch einige Köstlichkeiten aus dem Garten.

Das alte, zerbeulte Motorrad keuchte den Berg hinauf und Pasco nahm hinter Sena Platz. Sie machten gemeinsam die Tour durch die abgelegenen Dörfer, besuchten verschiedene Ställe, behandelten die Tiere, halfen bei schwierigen Geburten und verabreichten erforderliche Spritzen. Sena hatte eine kleine Zweitpraxis im nahe gelegenen Dorf. Auch hier ging ihm

Pasco geschickt und eifrig zur Hand. Kleinere chirurgische Eingriffe konnte Pasco mittlerweile nahezu selbständig vornehmen und er wurde zu einer wahren Hilfe und Erleichterung für Sena. Für die Arbeit erhielt Pasco etwas Geld, viel konnte ihm Sena zwar nicht geben, doch es reichte, nebst den Einkünften vom Fischfang, für das Nötigste. Pasco war stolz, dass er den Inhalt des roten Samtbeutels noch nicht brauchte.

Pascos eigene Tiere konnten sich von dem Grundstück gut selber ernähren und lieferten ihm die nötige Milch, genügend, um auch seine eigene Butter und den Käse herzustellen. Die Hühner legten eifrig ihre Eier, sodass Pasco gelegentlich zusätzlichen Kuchen für Sena backen konnte. Der freute sich immer riesig, denn der schmackhafte, luftige Kuchen erinnerte ihn immer an Elisabeth. Gelegentlich tranken sie gemeinsam auf Pascos Terrasse Kaffee, schauten über das Meer und dachten wohl beide gemeinsam schweigend an sie.

Sena war erfreut, wie Pasco sich entwickelte und wie er Elisabeths Erbe so perfekt und liebevoll weiterpflegte. Er beherrschte die Hausarbeit ebenso wie das Fischen, die Stallarbeit, das Kochen und Backen und das Buttern und Käsen.
Pasco las eifrig in den medizinischen und auch philosophischen Büchern, die ihm Sena vorbeibrachte. Täglich übte er eine Stunde auf seiner Geige, hörte klassische Musik, um sein Ohr zu schulen, so wie ihn Elisabeth geheißen hatte.
Mittlerweile hatte er begonnen zu malen und wann immer er etwas Geld übrig hatte, kaufte er sich etwas Farbe und gutes Papier. Wenn er tief in die farbenprächtigen Sonnenuntergänge und in die zauberhafte Musik versunken war, mischte er seine Farben mit einer solchen Sicherheit und brachte sie in einer tiefen Hingabe harmonisch auf sein Papier, dass ein gar besonderer, gefühlvoller Ausdruck in seinen Bildern festgehalten wurde. Die Gemälde betitelte er mit kurzen Aphorismen, die er während der tiefen Ruhe und der Einsamkeit beim Fischfang entwickelte.
Manchmal war ihm, als ob die weise Frau ihm, die ihn seit dem Tode von

Elisabeth immer liebevoll und beschützend begleitete, die Worte und die Gedanken in den Mund legte. Manchmal schrieb er die Worte in seinem wackligen Ruderboot auf und ihm schien, dass der Weisheitsteil seine Hand führte und dass die Buchstaben einfach so, wohlgeordnet und tiefsinnig und trotzdem fröhlich leicht auf das Papier purzelten.

Alles, was er tat, tat er mit einer solchen Hingabe und lebte den Moment, ob es Musik, Malerei, Schreiben, Haus- oder Stallarbeit, Fischen oder seine Arbeit mit Sena war, immer war er mit einer solchen Hingabe bei der Sache, dass ihm alles Spaß machte und leicht von der Hand ging.

Er war sich sicher, dass er für den Moment der glücklichste Mensch war und er dankte der Natur und Gott täglich mehrmals für sein Glück, er dankte seinem universellen Gott, einem Gott, der noch über allen Religionen stand, so wie ihn das Elisabeth gelehrt hatte.

Die Zeit verflog, doch Pasco hatte jede Sekunde ausgekostet. Er hatte viel gelernt und er konnte wirklich stolz sein, wie er sein Leben meisterte. Sein sechzehnter Geburtstag rückte näher und das war der Zeitpunkt, an welchem er an dem großen Strom entlang zurück in Richtung seines Ursprunges reisen wollte.

Pasco hatte gelernt, dem Wasser zu lauschen, dem Meer, den Wellen und auch dem Strom, der das Meer speiste. Er saß oft gedankenversunken an der Stelle, an welcher das ganze Wasser des Stromes sich mit dem Meerwasser vereinte und lauschte den Erzählungen des Flusses. Manchmal schien ihm, als ob an der großen Strommündung eine Vielzahl von verschiedenen Stimmen durcheinander sprachen. Oft war es schwierig, die richtige Botschaft zu entschlüsseln. Doch das Wasser hatte immer eine wichtige Mitteilung für Pasco und er spürte, dass die Botschaften für ihn Richtung Quelle hin immer klarer werden würden.

Kurz vor seinem Geburtstag ordnete Pasco alles in der Hütte. Er nahm die von Elisabeth ordentlich aufbewahrten wichtigen Schriftstücke, seinen Pass, die Silberschatulle und den roten samtenen Beutel an sich.

Er packte sich zwei Ersatzgarnituren Wäsche ein: eine praktische Arbeits- und Wanderkleidung und ganz unten in seinen Rucksack, ordentlich zusammengefaltet, in gestärkte und gebügelte weiße Kissenbezüge eingewickelt, seine „gute Garnitur" bestehend aus einem dunklen Anzug, einem weißen Hemd, einer Krawatte und einer Fliege, da ihn Elisabeth gelehrt hatte, dass ein Mann, auch wenn er noch jung war, für bestimmte Situationen immer passende Kleidung mit sich führen müsse. So war es auch Elisabeth, die dem geschickten Schneider des Dorfes damals beigebracht hatte, wie er einen feinen Anzug schneidern müsse. Den guten Stoff hatte Pasco in der Truhe seiner Mutter mit der alten aber gepflegten Wäsche gefunden.

Pasco packte Waschzeug, die gepflegte Silberhaarbürste, mit welcher sich Elisabeth oft stundenlang auf der Terrasse die langen Haare gekämmt hatte, während sie ihre tiefsinnigen Lieder summte und über die Weite des Meeres blickte, Papier, Schreibzeug, einige Pinsel und Farbe, sein Tagebuch, etwas gutes Werkzeug von seinem Vater und seine Geige ein.

Sena half Pasco dabei, die Tiere gut zu verkaufen und er sorgte auch dafür, dass die Tiere wirklich gut untergebracht wurden. Den Hund, der Pasco in all den Jahren überallhin begleitet hatte und ihm ein treuer Freund war, und die Katze Nero, die damals so geheimnisvoll die Türe zu Elisabeths Sterbezimmer mit ihrem schlanken Körper aufgedrückt hatte, nahm Sena in seine Pflege. Das Porzellan und das Silberbesteck und einige wertvolle Einrichtungsgegenstände wurden fein säuberlich verpackt und Pasco vertraute sie Sena an, bis er vielleicht später einmal wiederkommen würde. Die Zimmer wurden aufgeräumt, ordentlich geputzt, die Fenster und die Läden fest verschlossen, die Zusatzsicherungen aus Metall, die Vater früher einmal angefertigt hatte, wurden angebracht und die Türe mit einer zweiten Türe und einem Metallgitter fest verriegelt.

Den Dorfbewohnern wurde erzählt, dass die Mutter bereits vorausgereist sei (was im weitesten Sinne ja auch stimmte...). Pasco verabschiedete sich von allen. Nachdem sie gemeinsam noch kurz bei der Felshöhle verweilt hatten, brachte Sena Pasco mit seinem alten Motorrad bis zur Flussmündung. Dort stellte er ihn einem Freund vor, der am Hafen arbeitete und der

Pasco eine Mitfahrgelegenheit auf einem Frachtdampfer gegen Mitarbeit auf dem Schiff vermitteln konnte.

Pasco bekam einen engen Schlafplatz in einer Kajüte zugewiesen und wurde sofort auf Deck bei der Arbeit, beim Auslaufen des Schiffes aus dem Hafen, benötigt. Als das Schiff das Meer hinter sich ließ, schaute Pasco noch einmal um. Seine langen, gepflegten, schwarzen Haare waren durch den sich um die Vorherrschaft streitenden Meer- und Fahrtwind etwas in Unordnung geraten. Stolz und etwas breitbeinig, um dem Wind und dem Schaukeln des Frachters trotzen zu können, stand er auf dem Bug des Schiffes in seiner strahlend weißen Hose und seinem etwas zu großen, geöffneten, im Wind flatternden, hellblauen, feinen Cordsamt-Hemd. Um den Hals hatte er ein dunkelblaues Seidentuch geschlungen, auf den Lippen Elisabeths Lied und in den Augen zwei funkelnde Abschiedstränen.

Paso lernte die wichtigsten Handgriffe und Befehle auf dem Schiff sehr schnell. Er fiel durch seine Umsichtigkeit und Geschicklichkeit auf. Er war höflich und hilfsbereit und die Fahrt gestaltete sich angenehm. Zwischen den Arbeiten blieb Pasco genügend Zeit, die Gegend zu genießen, den Erzählungen des Flusses zu lauschen und gelegentlich seine Eindrücke in Bildern festzuhalten. Mit Freude machte er seine Tagebucheinträge und er fühlte sich glücklich. Manchmal half er in der Küche und zauberte seinen goldgelben, leckeren, luftigen Kuchen für die ganze Mannschaft. Wenn Pasco bei Sonnenuntergang auf dem Deck stand und seiner Geige die schönsten Melodien entlockte, wurden selbst die grobschlächtigen Matrosen ruhig, manchmal sogar etwas wehmütig und andächtig.
Pasco wurde aufgefordert, weiter Bilder zu malen und im nächsten Hafen kaufte ihm der Kapitän neues Papier und Farben, weil er von Pascos Arbeit und seiner Art so begeistert war.

Pasco arbeitet gut und äußerst fleißig, besonders an den oft gefährlichen Schleusen konnte er sein Geschick und seine Umsichtigkeit beweisen. Er konnte sich so in seine Arbeit vertiefen und war eins mit ihr, dass er gar nie auf die Uhr schaute. Alles ging ihm leicht und sicher von der Hand und es schien, als ob er die ganze Mannschaft mit seinem Eifer und seiner Freude angesteckt hätte. Sie fragten ihn interessiert nach seinem Rezept, warum er immer so glücklich sei.

Er antwortete: *„Ich lebe den Moment, jeden Moment, als ob er der wichtigste wäre. So ist es vollkommen unwichtig, welche Arbeit ich mache, ob ich das Deck schrubbe oder male, ob ich Küchendienst mache oder Musik spiele, ich bin einfach voll bei der Sache und gehe darin auf, gerade in dem Moment, in dem ich etwas tue, ohne daran zu denken, ob das gut oder schlecht ist, was war oder was kommen mag, denn um das JETZT geht es, dass ich mich in diesem Jetzt vollkommen wohlfühle und das kann nur einer machen: ich selber.*
Nachdem ich das weiß, ist es nun ein Leichtes, es mir genau in dem Moment gut gehen zu lassen. Denn: jeder Moment hat etwas Gutes, auch wenn man es im entsprechenden Augenblick vielleicht noch nicht ganz versteht..., doch irgendwann später, wenn ich den Moment dann einfach zulasse, so wie er ist, kommt das Aha-Erlebnis und ich weiß, was ich unbewusst schon geahnt hatte, dass es gut war, so wie es war; dass es gut ist, so wie es ist..."

Bevor sie am nächsten Hafen andockten, bestärkte ihn der Kapitän darin, zu versuchen, einige seiner Bilder zu verkaufen. Das erste Bild jedoch, ein Bild von der Strommündung ins Meer im Vollmondglanz, kaufte ihm der Kapitän persönlich ab und er zahlte Pasco mehr, als dieser sich jemals erträumt hätte.
Bestärkt durch die freundliche Unterstützung des Kapitäns, stellte er auf der Hafenmauer einige Bilder aus und stand mit seiner verzaubernden Geigenmusik neben seinen Kunstwerken. Es dauerte nicht lange, bis alle Bilder verkauft waren. Der Kapitän zwinkerte Pasco zu und beide waren sie sichtlich stolz.

Pasco arbeitete immer fleißiger und der Kapitän und die Mannschaft waren sehr zufrieden mit ihm, ermöglichte er ihnen doch auch einige Stunden Freizeit, da er ihre Aufgaben bereits gut und sicher übernehmen konnte.

Während seiner Arbeit hatte er die Gabe, gleichzeitig dem Fluss zu lauschen. Es schien ihm, als ob alles deutlicher und tiefsinniger würde, was ihm der Fluss erzählte. Manchmal waren es ganze Geschichten, manchmal einzelne Sätze und gelegentlich waren es nur einzelne Worte. Pasco behielt alles in seinem Herzen und bei sternenklaren Nächten lag er auf Deck und teilte die Worte und Geschichten des Flusses mit seiner weisen Frau, die ihn immer begleitete.

Eines Tages erschien ihm plötzlich nicht mehr die weise Frau, sondern ein alter, weißhaariger Mann mit Rauschebart. „Wer bist du? Wo ist sie, wo ist meine weise Frau?"

„Ich bin dein weiser Mann, dein väterlicher Freund. Deine weise Frau meinte, es wäre an der Zeit, dass du auch Zugang zu deinem weisen Mann findest. Weißt du, wir tragen ja alle weibliche und männliche, väterliche und mütterlich, göttlich mütterliche und göttlich väterliche Anteile in uns..., und so ist es gut, dass wir zu allen Anteilen Zugang finden. Ich freue mich, dass ich die schöne Sternennacht heute mit dir verbringen kann. Berichte mir, was dir der Fluss heute erzählt hat. Spürst du, die weise Frau ist irgendwie auch anwesend."

Pasco begann zu erzählen. Vom Fluss, von seiner Arbeit, von seinen Bildern und seinen Gedanken, von seinen Geschichten und seiner Musik. Er ging plötzlich ganz in seiner eigenen Geschichte auf. Es schien ihm, als ob er alles, was er gerade erzählte, in dem Moment nochmals erlebte. Es fiel ihm schwer zu unterscheiden, was gerade war, was Fantasie, Erzählung oder Realität war. Er sagte seinem Weisheitsteil, dass ihn das nun doch etwas verwirre.

„Sei einfach glücklich und genieße. Lass momentan das Nachdenken und das Zweifeln. Sei einfach du... und lass alles fließen..., so wie der Fluss fließt, ohne lange zu fragen. Alles geht weiter..., alles fließt..., alles ist..., alles war... und alles wird irgendwann wieder sein... . So wie beim Wasser. Lausche dem Wasser

weiter und du wirst alles verstehen. Alle Antworten findest du im Fluss und im weitesten Sinne in dir. Doch nun lass gut sein für heute. Genieße einfach und sei ganz DU!"

„Eine Frage noch", flüsterte Pasco schüchtern und geheimnisvoll. „Bist du mein Vater oder ein Teil von ihm?"

„Was meinst du, mein lieber Pasco? Du weißt doch und ich weiß, dass du die Antwort bereits kennst... ! Nicht...?"

Plötzlich war der weise Mann verschwunden und Pasco starrte in die Weite des Sternenhimmels, der an ihm vorbeizog. Genährt von der inneren Wärme bemerkte er die nächtliche Kühle kaum. Er wusste nicht mehr, ob er wachte oder träumte, ob er schlief oder nachdachte, doch das war nun alles ganz unbedeutend. Sein Lächeln auf dem verzauberten Gesicht verriet tiefe, tiefe Zufriedenheit und Einsicht. - Einsicht in eine andere Welt, Einsicht und Verständnis in andere Sphären...

Auch in den kleinsten Dingen
offenbart sich das Wunder der Natur,
das Wunder der Welt...

Der Fluss teilt sich...

Sie kamen an eine große Zweiflüssestadt, die mitten zwischen den zwei Flussmündungen auf einer großen Landzunge gebaut war. Die Stadt war rechts und links eingerahmt vom Wasser. An der Landzunge, wo sich die zwei Flüsse begrüßten, der eine mit bläulichem, der andere mit grünlich-milchigem Wasser, gingen sie vor Anker. Der Kapitän, als Bürger dieser Stadt, hatte hier eine besondere Anlegeerlaubnis, auf die er sehr stolz war. Pasco durfte ihn mit einigen seiner Gemälde begleiten. In seinen Rucksack packte er noch schnell ein paar in reinster Schrift auf Pergamentpapier gemalte Gedichte. Vorsichtig hatte er das wertvolle Papier gerollt und in eine alte Kartonschachtel gesteckt. Pasco klemmte sich die Geige unter den Arm und setzte mit dem Kapitän aufs Land über, wo sie von dessen Familie herzlich begrüßt wurden. Pasco wurde schnell ein Platz auf dem Markt angewiesen, wo er seine Gemälde anbieten konnte.

Es dauerte nicht lange, bis sich einige Interessenten um den feierlich Geige spielenden, jungen Künstler versammelt hatten. Pasco beendete das Musikstück und nahm dann elegant eine Pergamentrolle in die Hand, um in reinster Stimme ein sehr tiefsinniges Gedicht über den Lauf des Lebens, des Flusses und die Erzählungen des Wassers vorzutragen. Es herrschte bewundernde Stille auf dem sonst sehr lauten und geschäftigen Marktplatz. Eine alte, in feine schwarze Spitze gekleidete Dame mit einer kleinen Freudenträne in den Augen bat höflich darum, das Gedicht und ein Bild von einem Sonnenuntergang, mit tief über dem Meer hängenden Wolken, zu kaufen. Sie drückte Pasco liebevoll und bewundernd die Hand und überreichte ihm mehr Geld als er verlangt hatte. Als er es zurückgeben wollte, zwinkerte sie ihm wie ein junges, fröhliches Mädchen zu und flüsterte: „Mach weiter, mein Sohn, und verbreite deine wertvollen Künste, deine Freude, dein Lächeln und dein tiefes Wissen unter den Menschen. Und denke daran: alles, was du weitergibst, fließt bei dir wieder nach; alles was du gibst, wird irgendwann auf geheimnisvolle Weise wieder zu dir zurückfinden. Wir werden uns bald wiedersehen und ich freue mich darauf."

Genauso geheimnisvoll wie sie erschienen war, verschwand sie wieder. Die Worte aber und den Ausdruck ihrer Augen behielt Pasco in seinem Herzen.

Die restlichen Bilder und Gedichte waren schnell verkauft und Pasco war stolz auf sein verdientes Geld. Er setzte sich auf die vorderste Spitze der Landzunge, dort, wo sich das bläuliche und das grün-milchige Wasser vorsichtig berührten, um sich dann zu einer neuen Einheitsfarbe zu vermischen.

Lange, lange saß er da und lauschte dem Wasser: dem rechten Flusslauf..., dem linken Flusslauf..., dem Wassergemisch..., und wieder von neuem: dem rechten..., dem linken... . Der Vollmond wurde heller und klarer und zauberte nun eine Glitzer-Licht-Strasse ins Wasser. Die Wellen ließen das funkelnde Licht im Wasser immer wieder in anderem Glanze erscheinen. Es tanzte auf dem Wasser, es versank und verschwand, um von neuem wieder auf der Wasseroberfläche zu funkeln. Es war, als ob es Pasco necken wollte: es kam und verschwand. Mit kindlicher Freude spielte er das Spiel mit, bis er sich klar, ja vollkommen klar war. Das war genau der Moment, als das Wasser still zu stehen schien -, keine Bewegung - , keine Welle - und das Mondlicht spiegelte sich hell und klar im linken Flusslauf. Das war sie, die Einladung, die Entscheidung, auf die er gewartet hatte. Ja, dem linken Flusslauf sollte er folgen. Durch ein leichtes Glucksen einer kleinen Welle, die sich an zwei vorgelagerten Steinen brach, wurde der Entschluss bestätigt.

Pasco ging aufs Schiff, holte seine frischgewaschenen Kleider von der Wäscheleine am Heck, strich sie ordentlich flach, faltete sie gekonnt zusammen und legte alles in den alten, ebenfalls frischgewaschenen Seesack, den ihm der Kapitän geschenkt hatte. Er ging in die Küche und in die Kajüten und verabschiedete sich herzlich von seinen Kumpeln und der dicken Köchin, die ihn zum Abschied fest an ihre weiche, übergroße Brust drückte.

„Melde dich mal wieder, mein kleiner Lebenskünstler, du wirst mir die alte Anna und dein Schiff doch nicht vergessen!", rief sie lachend und schwang einen Kochlöffel in ihrer rechten Hand.

Pasco überreichte ihr zum Abschied noch ein kleines Gedicht auf seinem schönen Pergamentpapier. Sie rollte es auf, las und schüttelte lange den Kopf.

„Du Zauberkerlchen..., jetzt verschwinde aber, nicht dass die mich hier noch heulen sehen, sonst verlieren sie alle den Respekt vor mir... !", rief sie mit leicht tränenerstickter Stimme.

„Oder aber sie achten dich noch mehr, meine liebe Anna. Lebe wohl!", lachte Pasco.

Die Schiffshündin Zenta, die Pasco immer schwanzwedelnd auf dem Deck bei seiner Arbeit begleitet hatte oder einfach ruhig neben ihm gelegen war, als er gemalt oder Geige gespielt hatte, spürte, dass sich etwas verändern würde. Sie lehnte sich mit ihrem ganzen Gewicht an Pascos Bein, um ihm zu signalisieren: „Geh bloß nicht weg, ich brauche dich hier als meinen Gefährten."

Doch es half nichts, Pasco kraulte ihr den Nacken, tippte ihr vorsichtig und liebevoll zwischen die Augen auf die Stirn und verabschiedete sich dann ebenfalls etwas wehmütig. Am Ufer saß Pasco dann die halbe Nacht, bis der Kapitän, leicht angetrunken, Richtung Schiff torkelte. Pasco erklärte ihm, dass ihm der Fluss erzählt hätte, dass er dem anderen, dem leicht bläulichen Fluss folgen solle.

Der Kapitän lallte: „Dieser bla... blaue Fluss ist der Richtige.. ja, ja, ja, mich lässt er nicht rein mit meinem Schiff, einfach zu klein... verstehst schon, aber für dich, mein Künstlerlein und Landstreicherlein, ist er genau richtig. Folge ihm bis zum Ur... Ur... Ursprung, folge ihm Richtung Que... Que... Quelle, verstehst du? Und höre genau hin, was er dir zu erzählen hat und schreib mir mal ein Gedicht davon. Glaube mir, mein Kleiner..., aus dir wird mal noch was ganz Ri..Ri.. Richtiges werden. Doch jetzt muss ich rü.. rü.. rüber auf mein Schiff, schau nur den starken Seegang... Leb wohl, mein kleines Lebenskünstlerlein..."

Schwankend ging er weiter. Pasco musste etwas lächeln, als er ihm nachsah. Er schlief in der warmen Sommernacht am Ufer und träumte einen gar wunderbaren Traum.

Als er aufwachte, hatte das Schiff schon abgelegt und fuhr auf dem grün-milchigen Wasser flussaufwärts. Pasco nahm seinen Rucksack, seine Geige und seinen Seesack und schlenderte etwas unschlüssig an dem bläulichen Fluss entlang. Einige kleinere Boote lagen in der Mole. Es war noch früh am Morgen. Er ging weiter und kam an eine Schiffswerft, in der schon gearbeitet wurde. Höflich grüßte er und fragte, ob sie etwas Arbeit für ihn hätten. Der Meister kam herbei und musterte ihn von Kopf bis Fuß.

„Kannst du denn überhaupt arbeiten, gerade kräftig schaust du aber nicht aus! Komm her, iss erst mal einen Teller Suppe und trink einen Schluck Kaffee, mal sehen, was sich da machen lässt. Wo willst du überhaupt hin?" Irgendwie war der Meister von dem Jüngling angetan.

„Flussaufwärts, der blaue Fluss wird mir schon erzählen, wohin die Reise geht", lächelte Pasco.

„Flussaufwärts, so, so, so, das trifft sich aber gut. Kannst du ein Motorboot führen, hast du darin Erfahrung?", fragte ihn der Meister geheimnisvoll.

„Jawohl, Herr Meister, ich fuhr bei Sturm und Wetter auf dem Meer, ich trotzte allen Wellen und brachte mein Boot immer sicher und heil an Land."

„So, so, am Meer also hast du gelebt und deine Erfahrung gesammelt. Das trifft sich ja sehr gut. Ich habe da so ein neues Boot, ein Holzfischerboot mit Stehrudern und einem zwar nicht besonders starken Motor, das müsste dringend dreihundert Kilometer flussaufwärts, dort wo die beiden kleineren Flüsse zusammenfließen, ausgeliefert werden. Doch ich kann hier keinen meiner Leute entbehren. Würdest du das für mich machen? Dein Lohn wäre, hm.. eine kostenlose Flussfahrt und Verpflegung für die Fahrt, mehr kann ich dir nicht geben!", lachte der Meister freudig.

Pasco sagte sofort zu. So viel Glück hatte er sich nicht einmal erträumt. Er half noch zwei Tage mit, bis das Holzboot ganz fertig war. Er durfte in der Werkstatt schlafen und bekam warmes Essen. Es ging ihm doch einfach gut. Er genoss alles aus tiefstem Herzen, saß abends am Fluss, lauschte dem Wasser und schnitzte nebenbei gedankenverloren an einem Stück Holz. Als er sich träumend erhob, um zu Bett zu gehen, bemerkte er erst, dass er eine wunderschöne Holzschale geschnitzt hatte. Am darauf folgenden Tag trank er daraus seinen Morgenkaffee. Der Meister bewunderte sein Werkstück. Dann packten sie Pascos Sachen und einige Ersatzkanister Benzin, eine Plane und eine dicke Wolldecke und Proviant in das Boot. Pasco bekam die Beschreibung und die Anschrift, wo er das Boot abliefern sollte.

„Aber nicht, dass du mit meinem Boot bis zur Quelle durchstartest!", scherzte der Meister. Doch er hatte ein gutes Gefühl und wusste, dass er sich auf Pasco verlassen durfte. Und dieses Gefühl täuschte ihn nicht. Sie verabschiedeten sich, Pasco stieß vom Ufer ab und tuckerte gemächlich flussaufwärts. Er hatte Zeit, viel Zeit und er fand alles einfach schön. Er war glücklich und zufrieden, lebte den Moment und kostete sein Glück aus.

Abends machte er sein Boot am Ufer an einem Baum fest, ging etwas spazieren, pflückte sich einige Haselnüsse und entfachte sich ein kleines Feuer am Ufer. Er bereitete sich eine Mahlzeit zu, kochte sich in einer alten Blechkanne etwas Kaffee, den er dann genüsslich aus seiner selbst geschnitzten Holzschale trank und er war einfach glücklich und dankbar. Er dankte Gott, dem Leben, dem Fluss und den Sternen. Er legte sich am Ufer auf seine Decke und blickte tief versunken in den Sternenhimmel, lauschte dem leisen Plätschern des Wassers und lag lange da wie verzaubert. In seiner inneren und äußeren Zauberwelt entwarf er für seine Seele wertvolle Bilder und Gedichte und komponierte die harmonischsten Klänge. Irgendwann schlief er mit einem glücklichen, reinen Kinderlächeln auf seinem Gesicht ein.

Die ersten Sonnenstrahlen kitzelten ihn liebevoll wach. Wie immer stand er froh gelaunt und singend auf, wusch sich am Fluss, packte seine Sachen in das Boot und reiste weiter. Höflich grüßte er die Leute auf den anderen Schiffen und die Kinder am Ufer. Allen schenkte er sein strahlendes Lächeln und ließ die Menschen irgendwie verzaubert zurück. Bis dahin ahnte er noch nichts von seinem Zauber, dem Zauber, der von ihm ausging.

Der Zauber, mit welchem er die Tiere und die Menschen verzaubern konnte. Er meinte, dass dies ganz normal wäre und dass es nur eine Frage der inneren Einstellung sei, wie man sein Leben, trotz oft widriger Umstände, in Glück und in Freude lebte; alleine dadurch, dass man sich in jedem

Moment, jeder Sekunde einfach des ganzen Zaubers, der ganzen Herrlich-
keit dieser Welt, dieses Paradieses, dieser göttlichen Schöpfung, bewusst
wurde. War es nicht paradiesisch, sein Leben, seine Welt, die Tiere, die
Menschen, die Landschaft, die Sonne und der Mond, der Lauf der Gestirne,
der Lauf des Wassers, der Lauf des Lebens? War es nicht so?

War es nicht seine freie Entscheidung, das Negative auszublenden, oder
noch viel besser, zu neutralisieren, zu wandeln, ja, gar in Positives umzu-
wandeln?
Er konnte sich wahrlich in jeder Sekunde selber entscheiden, wie er das
Leben wahrnahm. Wie er mit vermeintlichem Unglück umging. Wie er
Ärger und Leid verwandelte. An jenem Tag schrieb er auf ein Stück Pergamentrolle:

Dein Schlüssel

Wer ist es, der diesen Schlüssel besitzt,
den Schlüssel zu deinem Herzen,
den Schlüssel zu deinen Sorgen,
den Schlüssel zu deinem Lächeln,
den Schlüssel zu deinem Glück?

Bist nicht DU es, der jederzeit,
mit deinem eigenen Schlüssel,
dein Herz öffnen darf, deine Sorgen verändern kann,
das Weinen in ein Lächeln verwandeln darf?

Bist nicht DU es, der diesen Schlüssel besitzt?
Oder BIST DU gar selber der Schlüssel?
Der Schlüssel zu deinem Glück,
der Schlüssel zu deiner Seele,
der Schlüssel zu DIR?

Kurz nach Sonnenuntergang, noch lange bevor sich der hell leuchtende Mond am Himmel erhob, schlief Pasco besonders glücklich und liebevoll lächelnd, erschöpft und müde unter einer sich im Winde wiegenden Trauerweide, mit dem Gemurmel des blauen Wassers im Herzen, ein.

Der Schlüssel zu deiner Seele
schlummert tief in dir...

Eine neue Entscheidung

Am darauf folgenden Tag erreichte er den Fischer, dem er das Boot ausliefern sollte. Er wohnte direkt an dem kleineren Fluss kurz hinter der Mündung, wo der Nebenfluss in den stärkeren Strom überging.

Der kleine Fluss lag ruhig da. Wenig Strömung bewegte das Wasser und alles wirkte in der gerade eben aufgehenden Sonne friedlich und ruhig. Der Fischer stand vor seinem Haus und hängte seine Fischernetzte auf. Er rauchte genüsslich seine Pfeife und war sichtlich zufrieden über seinen Fang.

Der Pfeifenrauch begrüßte Pasco wie einst der Rauch von Senas Tabakpfeife. Froh gelaunt legte Pasco am Ufer an, stieg aus und hüpfte lächelnd auf den Fischer zu.

„Hier, dein neues Fischerboot. Ist es nicht schön? Gute Handarbeit, nicht? Ich soll dich höflich vom Meister grüßen, er wünscht dir viel Freude mit dem Boot und guten Fischfang."

„Komm her, Kleiner, wie heißt du denn? Hast du das Boot alleine die ganze weite Fahrt hierher gebracht? Hab Dank."

„Ich heiße Pasco und folge dem Wasser. Ich komme vom Meer, in der Nähe der Strommündung war ich zu Hause und nun versuche ich dem Ursprung des Wassers, der Quelle näher zu kommen. Ich genieße es, den Geschichten des Wassers zu lauschen. Es erzählt so unendlich geheimnisvolle und zauberhafte Geschichten, wenn man sich Zeit nimmt, ihm zu lauschen."

„Wie recht du doch hast mein Freund. Was meinst du, was mich an meinem Beruf so freut? Nicht nur die Beute des Flusses, nein, du verstehst es, es ist das Murmeln und Plätschern, das Rauschen und Gluckern, die Stille und die Tiefe des Wassers und seine Erzählungen. Schön, dass du mir geschickt wurdest. Lass uns doch zusammen frühstücken. Im Haus schläft noch alles und das sind die ruhigen Stunden, die ich so genieße. Komm her und erzähle mir von dir, vom Wasser, vom Strom und vom Meer."

Sie saßen lange auf der verwitterten Holzbank am Wasser, erzählten sich ihre Geschichten, lauschten dem Wasser und waren einfach zufrieden und mit sich und der Welt im Reinen.

Pasco holte sein Gepäck aus dem Boot, überreichte dem Fischer eines seiner Bilder und ein Gedicht auf Pergamentpapier und spielte ihm, zum Dank für das reichliche Essen, eine schöne Melodie auf seiner Geige. Das Wasser tanzte im Takte der Musik Richtung Strom, Richtung Meer.

Die Musik verstummte. Nachdenklich rieb sich der Fischer die Augen, kratzte sich am Hinterkopf und fragte Pasco etwas verlegen, während er sein Gewicht von einem Bein auf das andere wechselte:

„Nun, mein Jüngling, du machst mich etwas verlegen und ich hätte da noch eine ganz große Bitte an dich. Hier, mein altes ausgedientes Fischerboot müsste zu meinem Bruder. Er wohnt eine Tagesreise flussaufwärts. Das Boot ist zwar in einem schlechten Zustand. Doch es wird die Reise hoffentlich überstehen. Mein Bruder wartet schon dringend darauf. Er ist auch Fischer, doch sein Boot wurde bei einem Sturm mitgerissen, und was ist ein Fischer schon ohne Fischerboot? Doch, ähm... hm... aber ich kann dir leider keinen Lohn bezahlen. Die Geschäfte laufen schlecht und die Schulden wachsen mir bereits über den Kopf. Wenn du mit etwas Proviant und frisch gepresstem Most einverstanden wärest...?"

„Lass mich noch etwas am Fluss verweilen und dem Flusse lauschen. Er wird mir die Antwort bringen."

Der Fischer verstand und er ließ Pasco alleine am Fluss, damit er in tiefer Ruhe seinem Freund, dem Wasser, lauschen konnte.

Nach einer Weile kam Pasco lächelnd zum Fischer.

„Ja, dein Nebenfluss erzählte mir gar wundersame Geschichten. Er ist der richtige, auf dem ich meine Reise fortsetze. Die Mitteilungen werden immer klarer, die Geschichten, die mir der Fluss erzählt, immer liebevoller, die Stimmen des Wassers, - und es sind ihrer viele - , immer heller und aussagekräftiger. Was bin ich doch für ein glücklicher Mensch, dass sich mir mein Weg immer wieder eindeutig und liebevoll offenbart, mich einlädt ihm zu folgen und mir eine so wertvolle Begegnung wie mit dir ermöglicht."

„Ich glaube, du würdest selbst dem Teufel noch etwas Liebevolles abgewinnen, du mein verträumtes und verspieltes Kerlchen. Hoffentlich kannst du dir den Glauben an das Gute bewahren. Glaube mir, das ist die schwierigste Prüfung im Leben. Erst wenn du einmal Unglück und Leid oder gar den Verlust einer geliebten Person erlebt hast, wirst du geprüft werden, ob dein Glaube standhält. Doch lebe noch möglichst lange deinen Glückstraum vom Guten der Welt, von der Liebe der Menschen. Mein Segen möge dich begleiten."

Dem Fischer schien, als ob Pasco sehr weise und klug lächelte. Doch wo sollte er bei seiner Jugend Weisheit und gar Lebenserfahrung her haben?

Pasco lächelte wirklich äußerst herzlich, allwissend und verschmitzt. Er schien weit entrückt zu sein, als er mit einer hellen, klaren, etwas anderen Stimme sprach:

„Sind nicht wir es, die uns das Unglück machen? Sind nicht wir es, die bestimmte Situationen im Leben mit Leid erfüllen und manchmal noch stolz sind, dieses Leiden möglichst lange aufrecht zu halten und den anderen zu demonstrieren, wie schlecht es uns doch ginge, wie wir doch leiden würden und vom Schicksal so hart getroffen wären und vom Unglück verfolgt. Was wäre, wenn man in einem solchen Moment einfach das Glück und das Lachen wieder sähe, denn es war immer da, auch in den schlimmsten Stunden..."

Mit einem allwissenden Lächeln verabschiedete sich Pasco und fuhr weiter Richtung Quelle.

„Komisch", dachte sich der Fischer und schüttelte sein Haupt, während er sich wieder am Hinterkopf kratzte, „etwas eigenartig ist er schon, dieser Pasco, die anderen fahren alle mit dem Fluss des Wassers, mit dem Strom Richtung Meer und er macht das gerade umgekehrt. Wie diese speziellen, farbig funkelnden Fische, die immer gegen den Strom schwimmen... . Na ja, er muss es ja wissen was er da tut. Ich bin jedenfalls froh, dass mein Boot flussaufwärts kommt."

In Gedanken versunken ging er seiner Arbeit nach, während Pasco fröhlich singend sein Boot zielsicher steuerte.

Rosenduft

Die Fahrt erschien Pasco recht kurz und abwechslungsreich. Der Flusslauf schlängelte sich in unterschiedlichen Biegungen durch das Land. Die Bäume wucherten am Ufer und an einigen Stellen kam es ihm vor, als ob er unter einem großen, grünen Blätterdach hindurchfuhr. Tiefe Stille umgab ihn. Die Sonnenstrahlen drangen nur an einigen Stellen in Form von gebündelten Strahlen durch das Blätterdach. Es waren neue, abwechslungsreiche Eindrücke für Pasco. Das Wasser floss träge, manchmal schien es, als ob es einfach so verweilen wolle und noch gar nichts von seiner langen Reise im reißenden Strom bis ins Meer wüsste.

Er ruhte sich in einer von einem Blätterdach überwucherten, ruhigen, seichten Stelle des Flusses aus. Das Wasser war glasklar und bewegte sich kaum. Doch auch hier hörte er wieder seine geheimnisvollen Stimmen. Er lag auf dem Rücken am Boden seines Bootes, das träge im Wasser schaukelte, blinzelte den vereinzelten Sonnenstrahlen entgegen und lauschte dem Wasser und seinen tiefen, tiefen Botschaften.

Ruhe, mein Kind, erhole dich sanft.
Ruhe in dir und deiner Kraft.
Ruhe in dir und der göttlichen Kraft.
Träume den Traum deines Lebens.
Träume deinen Lebenstraum.
Lebe dein Leben und
lebe deinen weisen Traum.
Vertrau auf dich und deine Kraft
Vertrau in diese höchste Kraft.
Vertrau in die liebevolle, göttliche Kraft.
Spüre dich und deine tiefe Weisheit.
Spüre in dich hinein, da wo alles daheim ist.
In dir, in deiner göttlichen Weisheit.
In dir, ja in dir..., tief in dir: daheim..

„Mutter? Mutter, wo bist du? Bist du hier? Bist du bei mir?" Mit großen Augen schaute sich Pasco um. Doch er sah nichts, er hörte nichts, außer das ganz leichte Schlagen der ruhigen Wellen gegen das Boot. Er rieb sich die Augen. Ganz deutlich konnte er den Rosenduft wahrnehmen, ihre Nähe spüren, die Klänge ihrer eigenen Musik noch vernehmen. Doch wo war sie? Erst etwas traurig, dann immer fröhlicher werdend lächelte er, lächelte sein schönstes und glücklichstes Lächeln.

„Ja, sie ist hier. Sie ist hier bei mir. Sie war immer hier bei mir. Oh, danke, danke Mutter, dass du mich führst, dass du mich leitest. Oh, du wertvolles, göttliches Wesen, danke, danke, dass ich dich immer spüren darf. Wie tief ich mich doch mit dir verbunden fühle. Noch tiefer, noch wertvoller, als in deiner irdischen Zeit. Danke, mein unendlicher, weiser Gott, danke für diese Begegnung, danke für diese wertvolle, unendlich reiche Erfahrung."

Wie von selbst rollte sich eine leere Pergamentpapierrolle auf dem Schiffs- boden aus. Wie von selbst führte Pasco die Feder in seiner Hand, die wie von selbst Mutters beglückende Worte auf das Papier zauberte.
Lange noch schweigend lag Pasco da, las mehrmals diese Worte, fühlte tief in sich und Mutter hinein, fühlte das Wasser, das Grün der Blätter, spürte die gebündelten Sonnenstrahlen, blinzelte in das gleißende Licht, kostete die schaukelnden, leichten Bewegungen des Bootes wie das Gewogenwer- den in den Armen seiner Mutter. Er vernahm wieder ihre liebliche Melodie, ihre ganz eigene Musik und atmet den wohligen Duft ihres lieblichen Rosenparfüms tief in sich hinein.

Minuten, Stunden, Tage?
Jahre oder ganze Ewigkeiten?
Er war tief, tief glücklich.
Er war sich, er war Mutter.

Er war das Wasser, er war das Schaukeln.
Er war der Himmel, er war die Bäume.

Er war das Licht, er war die Sonne.
Er war nichts und alles, er war ES...

Er war, unvergängliche, leuchtende Liebe...

Der Zauber der Natur
begleitet dich auf deinem Weg.
Erlaube dir, ihn in jeder Sekunde wahrzunehmen.

Seerosenteich

Irgendwann wachte er auf aus seinem unendlich tiefen und wertvollen Erlebnis. Noch rosendufttrunken und verzaubert von Mutters Klängen setzte er die Reise fort. Es konnte nicht mehr weit sein bis zum Bruder des Fischers.

Nach zwei Stunden sah er alles, wie es ihm beschrieben wurde. Er machte das Boot fest.

Im Gegensatz zu seinem Bruder war der Fischer hier ein griesgrämiger, verhärmter und vom Schicksal gezeichneter Mann.

„Nimm dein Zeug aus dem Boot und schau, dass du schleunigst weiterkommst. Wir können hier keine Schmarotzer brauchen."

Pasco sah zu, dass er das Boot mit seinen Habseligkeiten schnell verlassen konnte. Er verabschiedete sich beim Fischer, der ihm nur hinterherfluchte. Pasco ließ sich seine Laune nicht verderben und schlenderte Richtung Marktplatz.

Anscheinend war Sonntag. Die Leute kamen ihm gepflegt gekleidet, begleitet vom Glockengeläut, aus der Kirche entgegen. Auf dem Marktplatz war ein großer Flohmarkt und Pasco schlenderte an den vielen Händlern vorbei. Er erkundigte sich, ob er seine Bilder anbieten dürfe. Da es schon kurz vor Mittag war, musste er keine Standgebühr mehr entrichten.

Es dauerte nicht lange, bis sein erstes Bild verkauft war. Nun stellte er auch einige seiner Gedichte aus und spielte dazu auf seiner Geige. Interessiert näherten sich die Menschen und bis auf sein Lieblingsbild, das er vorsichtig gerollt in einer Kartonrolle in seinem Seesack aufbewahrte, hatte er nach nur einer Stunde alle Bilder verkauft. Einige Gedichte fanden ebenfalls ihren Käufer und Pasco wurde gebeten, noch weiter auf seiner Geige zu spielen.

Der Markt leerte sich langsam und der Händler neben ihm, ebenfalls ein junger Bursche, hatte schlecht verkauft. Ein altes Fahrrad mit Anhänger und einem Regenschutz stand verlassen zum Verkauf da. Der junge Mann erzählte Pasco, dass er mit dem Boot flussabwärts reisen wolle, um auf einem großen Frachter anzuheuern und Richtung Meer zu fahren. Dabei könne er sein Rad nun ganz und gar nicht mehr brauchen. Das Rad und sein Anhänger hätte ihn zwar zuverlässig vom Gebirge, dem schönen Radweg dem Fluss entlang bis hierher gebracht, doch hier sei Endstation. Hier wolle er endlich auf das Wasser wechseln. Er erklärte Pasco auf einer zerfledderten Landkarte, wo er herkam und welche Wege er dem Flusslauf entlang gefahren war. Die Orte, an denen er sein kleines, rotes Zelt aufgeschlagen hatte, waren mit einem Kreuz vermerkt.

Pasco zählte sein Geld. Es war weit mehr, als er erwartet hatte. Er blickte zu dem etwas enttäuschten jungen Mann hinüber. Schnell war der Handel abgeschlossen und Pasco glücklicher Besitzer eines Fahrrads samt Anhänger, Regenschutz und Landkarte. Vor lauter Freude über die guten Geschäfte und darüber, dass er seine Weiterreise auf dem Fluss nun doch antreten konnte, schenkte der junge Mann Pasco noch sein Zelt. Das würde er ja nun auf dem Fluss ohnedies nicht mehr brauchen. Sie tauschten gegenseitig noch einige Erfahrungen aus. Jeder konnte vom anderen Sinnvolles für seine Weiterreise erfahren. Sie verabschiedeten sich und Pasco belud den Anhänger und stieß nun kräftig in die Pedalen. Er wollte an jenem Abend noch bis zum eingezeichneten Rastplatz kommen, da der junge Mann ihm diesen als gar geheimnisvollen, wunderschönen Ort, mit tief über das Wasser hängenden Trauerweiden geschildert hatte.
Der Fleck war wirklich wie verzaubert. Dank der schönen Sommernacht brauchte Paso sein Zelt nicht. Er schlief, wie er es gewohnt war, unter freiem Himmel, unter dem Sternendach.
An den folgenden Tagen legte er viele Kilometer zurück. Das Wetter war ihm wohlgesonnen und er genoss die Landschaft und seine nächtlichen Schlafplätze am durch den Mond hell erleuchteten Wasser.
Er gönnte sich einige Pausen, um zu malen und zu schreiben, und er genoss das Leben, die Landschaft und die Kunstwerke, die er zaubern durfte. Er bedankte sich bei der göttlichen Kraft, die ihn mit so wertvollen Fähigkeiten ausgestattet hatte. Er bedankte sich bei Elisabeth, die ihm schon in jungen Jahren so vieles beigebracht hatte. Er bedankte sich bei seiner

weisen Frau und seinem weisen Mann, die immer wieder die passenden Worte und Ratschläge für ihn bereit hatten und ihn sicher leiteten.

An jenem Abend fand Pasco lange keinen Schlaf und er wälzte sich hin und her. Da bat er seinen weisen Mann doch um Unterstützung. Der erklärte ihm nur, dass heute Abend sein Krafttier auf ihn warte und er deshalb so unruhig sei.

„Schließe ganz einfach die Augen", flüsterte sein weiser Mann, „vertraue auf dich und deine innere Weisheit. Gehe in der Vorstellung am Fluss entlang, bis du an einer kleinen Bucht stehen bleibst. Hier hängt eine besonders kräftige Trauerweide, tief über das Wasser. Nun bückst du dich unter dem Blätterdach in das ruhig daliegende Wasser. Erst siehst du dein Spiegelbild. Lächle dir zu und summe Elisabeths Lied. Hier ist es, wo dir aus deinem Spiegelbild im Wasser, jetzt - , dein Krafttier begegnet. Schau tief hinein in diese tief leuchtenden Augen deines Krafttieres und heiße es in deinem Leben willkommen!"

Tatsächlich erschien nun ein schwarzer, geschmeidiger Panther mit grünschwarz funkelnden Augen. Er knurrte erst etwas, doch dann verwandelten sich die Geräusche in ein liebes Schnurren, ähnlich wie er es von seiner Katze in seinem Hause am Meer gewohnt war. Der Panther schmiegte sich mit seiner ganzen Körperkraft an Pasco und dieser musste kraftvoll dagegenhalten, dass er nicht das Gleichgewicht verlor.

„Was bist du doch für ein kraftvolles, geschmeidiges Zauberwesen. Schön, dass du da bist. Magst du mich auf meiner Reise begleiten? Ich hätte sehr gerne so einen lieben Weggefährten."

„Ja", schnurrte der Panther. „Ich bin gekommen, um dir den weiteren Weg zu zeigen und dich zu beschützen, um dir Kraft, Ausdauer und Stärke zu verleihen."

Mit einem glücklichen Lächeln im Gesicht und dem Gefühl, dass er sein Krafttier, seinen schwarzen Panther, im Arm hielt, hatte Pasco zwischenzeitlich Schlaf gefunden.

Am folgenden Morgen stand er froh gelaunt und mit einer bis dahin noch nicht gekannten inneren Stärke und Geschmeidigkeit auf. Pfeifend radelte er weiter. Er kam an eine recht unscheinbare Stelle, an welcher ein kleiner Bach in den Fluss mündete. Er machte kurz Rast, er kannte ja seinen Weg, er hatte die Karte dabei, auf welcher der Weg am Fluss entlang eingezeichnet war.

Seine Augen blinzelten kurz und ungewollt, alles flimmerte und er sah den schwarzen Panther, wie er den kleinen Weg am Bach entlangschlich, seinen Blick immer wieder zurück Richtung Pasco warf und ihn mit einem lauten Knurren aufforderte, ihm zu folgen.

„Hier, diesen kleinen Bach entlang?", fragte er ungläubig. „Komisch, ich wollte eigentlich bis an den Ursprung des Flusses."

In diesem Moment schwebte der weise Mann über dem Bach und lächelte Pasco zu:
„Vertrau auf dein Krafttier, vertraue auf dein tiefes inneres Wissen, - übrigens gibt es verschiedene Quellen... ."

So schnell wie er aufgetaucht war, verschwand der weise Mann wieder und Pasco folgte dem schmalen Weg und seinem Krafttier den Bach entlang. Der Bach sprudelte gar fröhlich vor sich hin, hüpfte über Steine und Äste und das Wasser war von einer besonderen Klarheit. Nach einer Stunde beobachtete Pasco, wie sein Krafttier an einem Weiher Halt machte, aus dem der Bach geflossen kam.

Der Weiher lag ruhig da. Mehr als die Hälfte des Weihers war bedeckt von großen Seerosenblättern. Einige schneeweiße Seerosen blühten und offenbarten ihre gelb leuchtenden Staubfäden. Das Krafttier suchte die schönste Stelle am Weiher bei den duftenden Seerosen aus und ließ sich genüsslich nieder. Pasco tat es ihm gleich, aß etwas von den wilden Himbeeren, pflückte einige wilde Rosen, saugte den betörenden Rosenduft ein und fiel dann in einen tiefen, tiefen Traum am Seerosenteich.

Zärtlich wilder Rosenduft,
hellrosa reine Seerosenblüten,
lieblicher Zaubergeigenklang laden dich ein,
einzutauchen in dein inneres Seelenreich.

Willkommen daheim...

Gönne dir Ruhe und Gelassenheit,
um die Schönheit um dich herum wahrzunehmen
und zu genießen...

Das neue Zuhause

Als Pasco aufwachte, rieb er sich die Augen und sah sich um. Sein Panther streifte durch das kniehohe Gras, schnupperte dem Bach nach, der sich von einer steinigen Anhöhe immerfort sprudelnd in den Weiher ergoss. Das Krafttier kam zu Pasco hergeschlichen. Es stupste ihn mit seiner Schnauze an und forderte ihn auf, ihm zu folgen.

Doch erst sog Pasco noch das Bild des ruhig daliegenden Seerosenteiches in sich auf.

„Interessant..", dachte er, „so ruhig, einfach göttlich ruhig und vertrauensvoll liegt der Weiher da, gibt ohne zu fragen, ohne festzuhalten sein Wasser ab an den Bach, der ihn Richtung Fluss, Richtung Strom, Richtung Meer und Unendlichkeit verlässt, tief vertrauend, dass er immer und ewig von dem sprudelnden Wasser aufs Neue genährt wird.
Annehmen..., verweilen lassen und wieder loslassen können... .
Empfangen, dankbar genießen und wieder weitergeben, oft in eine ganz andere Richtung..., und die unversiegbare Quelle der Liebe wird weiter sprudeln, wie der ewige Kreislauf des Wassers spielt und sprudelt auch der Kreislauf der Liebe."

Sie umgingen den kleinen Wasserfall, bis sie auf einer friedlichen Anhöhe anlangten. Hier wog sich eine bunte Blumenwiese sanft im Wind. Inmitten der farbenprächtigen, an Monets Gemälde erinnernden Wiese, stand ein verlassenes, aber ordentlich zurückgelassenes Steinhaus. Der Vorgarten war zwar verwildert, zeugte aber von vormalig guter Pflege und abgestimmten Farben der Bepflanzung. Einige Kohlköpfe sprossen in den Himmel, aus dem Lauch wuchsen riesengroße, violette Kugelblumen auf kräftigen Stängeln. Der Weg zu dem Haus hin war mit verschiedenen Kräutern und Gräsern überwuchert.

Der schwarze Panther legte sich genüsslich schnurrend auf die sonnenwarmen Steinplatten vor dem Haus und signalisiert: „Ja, hier bleiben wir, hier ist es gut..." Er rührte sich nicht mehr von der Stelle und schlief zufrieden ein.

Die Fensterläden des Hauses waren nur leicht angelehnt und Pasco spähte ins Innere des Hauses. Sein Blick fiel in eine ordentlich aufgeräumte Werkstatt, eine alte Schmiede. Was von außen aussah wie ein altes Wohnhaus war nichts anderes als eine gepflegte, wohl seit Jahren nicht mehr benutzte Schmiede. Er bestaunte die Sorgfalt, mit der hier Werkzeuge ihrer Größe nach an der Wand hingen. Der Boden und die Werkbänke waren zwar etwas staubig, ansonsten aber zeugte alles von großer Ordnung. Inmitten des Hauses befand sich eine große Feuerstelle, deren Abzug über einen großen, kupfernen Aufbau in den Kamin mündete. Holz war ordentlich neben der Feuerstelle aufgeschichtet. In einer Kupferkiste lagen kleine, zurechtgehackte Holzspäne zum Anfeuern. Frisches Wasser vom nahen Bach plätscherte durch eine einfache, kupferne Wasserleitung in einen Steintrog. Das Wasser verließ das Haus über ein dickes Kupferrohr am Boden und floss zurück in den Bach.

Da es zu regnen begonnen hatte und draußen ein gar heftiger Herbststurm tobte, schob Pasco sein Rad samt Anhänger in das Haus. Sicherlich hatte niemand etwas dagegen, dass er es sich hier etwas gemütlich machte. Weit und breit waren keine Menschen zu sehen und der nächste Ort war noch über zwei Kilometer entfernt, wie er seiner Karte entnehmen konnte.

Pasco schrubbte das Haus, wischte den Staub weg und bereitete sich mit Stroh, das er in einer Ecke gefunden hatte, ein weiches Nachtlager. Er packte seine Sachen zum Trocknen aus, spannte eine Schnur durch den Raum und hängte seine Kleider und seine Bilder auf. Er entzündete ein kleines Feuer auf der Feuerstelle inmitten des Raumes, füllte seine Blechkanne mit Wasser und brühte sich einen köstlichen Tee mit den Kamillen- und Lindenblüten und schwarzen Johannisbeeren, die er unterwegs gesammelt hatte. Er mischte etwas Honig, den er sich beim Imker unten am großen Fluss noch gekauft hatte, hinein und genoss sein ihn wärmendes Getränk.

Dann weichte er ein Stück eines trockenen, harten Anisringbrotes darin auf und genoss es mit frischem Honig bestrichen.

Während das Feuer langsam vor sich hinloderte und dann erlosch, verfiel Pasco in einen tiefen Schlaf. Er hielt seine Silberschachtel in den Händen, träumte von dem rosaroten Brief seiner Mutter und war ihr wieder so nah. Was waren das alles nochmals für Rätsel... doch dann fiel er noch tiefer und tiefer in seine Traumwelt und vergaß alles.

Am darauf folgenden Morgen wachte er gestärkt auf, räumte die Asche weg, kehrte den Boden, öffnete die Fenster und ließ den ersten Sonnenschein in das Haus hinein. Er jätete etwas Unkraut zwischen den Steinplatten, die zum Haus hinführten und erkundete die Gegend.

Der nasse Grasboden dampfte in der Morgensonne. Weit und breit sah er kein Haus und keine Menschenseele.

Für seine Silberschachtel und seine wenigen Schätze hatte er sich einen praktischen Umhängebeutel genäht. Sein sonstiges Gepäck und den Anhänger ließ er im Haus, als er auf seinem Rad fröhlich pfeifend den holprigen Steinweg mit seinen vielen Schlaglöchern entlangfuhr. Die Strasse führte durch einen kleinen Wald. Am Waldrand stand ein einzelnes altes, halb verfallenes Bauernhaus. Einige Hühner flatterten erschrocken auseinander, als sie Pasco erblickten. Der Hofhund näherte sich ihm interessiert und schwänzelte erfreut. Zwei getigerte Katzen strichen ihm um die Beine und hießen ihn willkommen. Die Kühe vergnügten sich schon auf der Weide in dem herbstlichen Frühmorgennebel. Der Bauer schlurfte gebückt mit zwei für ihn wohl zu schweren Milcheimern über den Hof. Pasco eilte ihm freundlich zuhilfe und bot sich an, ihm die Eimer zu tragen. Erstaunt blickte der Bauer auf und murmelte:

„Was soll denn das, mein treuer Wachhund, warum bellst du nicht mehr, wenn Fremde auf den Hof kommen?" An den jungen Mann gewandt erklärte er, dass es doch höchst erstaunlich sei, da Rasso sonst der schärfste Wachhund überhaupt sei und keinen Fremden auf dem Hof dulde. „Merkwürdig, merkwürdig...!", immer wieder schüttelte der Bauer sein altes, schweres Haupt. Sein Gesicht war von der Sonne und vom Wind gegerbt und mit tiefen Furchen durchzogen. Er wirkte erschöpft und von schweren Sorgen bedrückt .

Pasco half dem Bauer ungefragt noch bei einigen Arbeiten und dieser war sichtlich froh darüber. Er lud ihn mit in die Stube zu einer Brotzeit ein. Maria, die Frau des Bauern, eilte neugierig herbei.
„Wer ist das?", rief sie dem Bauern schon von weitem zu.
„Ein Fremder, den Rasso einfach so auf den Hof ließ, ohne zu bellen, da kann er kein schlechter Mensch sein, habe ich mir gedacht. Zudem hat er mir geholfen, die schweren Milchkannen zu tragen und dafür war ich wirklich froh."
„Willkommen, mein fremder Jüngling, viel haben wir nicht mehr. Seit der Schlossherr verarmt ist, gibt es kaum noch genügend zu essen hier am Hof, aber viel zu viel Arbeit und keinen Verdienst mehr. Ja, schlechte Zeiten, sehr, sehr schlechte Zeiten."
„Hör auf zu jammern und bring unserem Gast etwas zu essen, dafür wird es doch noch reichen."
Flugs griff sich Pasco in die Tasche und legte einige Münzen auf den Tisch.
„Ich werde selbstverständlich für mein Essen zahlen."
Marias Blick wurde freudig, der Bauer schob Pasco die Münzen verächtlich wieder zurück.
„Wenn es nicht einmal mehr reicht, einen Freund zu bewirten, dann hat das ja alles keinen Sinn mehr. Steck die Münzen ein. Du bist mein Gast. Erzähle, wo du herkommst, erzähle mir von der Welt."
Irgendwie kam dem Bauer das Gesicht von Pasco bekannt vor, ihm war, als ob er ihn schon lange kennen würde, aber das konnte doch gar nicht sein und er verwarf den Gedanken wieder.
Pasco begann begeistert zu erzählen und der Bauer wollte immer noch mehr hören.

Die Frau kam keuchend und aufgeregt aus dem Stall gelaufen.

„Schon wieder eine so schwierige Geburt, das Kalb liegt wieder verkehrt rum, ein Fuß ist schon draußen, doch jetzt geht nichts mehr weiter. Nicht einmal mehr den Tierarzt bezahlen die vom Schloss, wie sollen wir mit all dem denn nur alleine zurechtkommen?", schluchzte die Bäuerin mit Tränen in den Augen vor sich hin.

Pasco sprang auf, eilte in den Stall und beruhigte als erstes die Kuh, indem er ihr tief in die Augen blickte und sie auf der Stirn zwischen den Augen mit seiner Hand sanft berührte. Er zog sich sein Hemd und seine Schuhe aus, eine Stallschürze und Gummistiefel an und machte sich gekonnt und fachmännisch an die Arbeit. Es dauerte nicht lange, bis er das Kalb in seinen Armen auffing und es liebevoll mit frischem Stroh abrieb. Die Kuh drehte dankbar ihren Kopf zu Pasco um und blinzelte ihm zu.

Der Bauer und die Bäuerin standen noch immer mit offenem Mund da und rangen nach Fassung. Das konnte doch nicht sein, dass dieser zierliche, feingliedrige, gepflegt sprechende junge Mann soeben mehr geleistet hatte als so mancher Tierarzt. Sie beobachteten ihn, wie er mit der Kuh und dem Kalb liebevoll umging. Es schien, als ob er sich mit ihnen auf gar besondere Art unterhalten konnte. Er richtete für das Kälbchen frisches Stroh bei der Kuh her und brachte der Mutter nun ihr Junges, damit es seine erste Milch bekommen konnte.

„Schau nur, wie glücklich beide sind!" Tief berührt drückte die Bäuerin die Hand des Bauern. „Dieses Kälbchen wird endlich wieder das erste gesunde Tier auf dem Hof, mit Liebe auf dieser Welt empfangen geht doch alles etwas besser."

Pasco ging zum Hofbrunnen, wusch sich sorgfältig, zog sich die Stallschürze und die Gummistiefel aus, wusch sich nochmals genau, holte sein Hemd und seine Schuhe und besuchte sein Kälbchen auf seinem frischen, sauberen Strohlager nochmals.

„Na, Felicitas, du glückliches und gesundes Kälbchen, willkommen auf dieser Welt." Er summte Elisabeths Musik und alles schien glücklich und harmonisch im Stall. Voller Freude und mit Bewunderung in der Stimme bedankten sich die Bauersleute bei Pasco.

„Na, jetzt hat er sich aber eine kräftige Mahlzeit verdient!" Gemeinsam aßen sie zu Mittag und unterhielten sich noch lange. Sie fühlten sich tief verbunden und Pasco erzählte ihnen von dem Haus, in dem er wegen dem Regen genächtigt hatte.

„Ach, das alte Haus, meine alte Schmiede. Ja das war mein Reich als sich die Schlossherren noch ihren eigenen Schmied leisten konnten. Jetzt steht sie schon lange leer. Manchmal am Wochenende gehe ich hinüber, um etwas nach dem Rechten zu sehen. Ja, bleib doch einfach hier über den Winter, du kannst das alte Haus bewohnen und wenn du willst, kannst du hier auf dem Hof aushelfen. Wir erwarten in den nächsten Tagen noch einige Kälber und wären froh für deine Hilfe. Bezahlen können wir dich zwar nicht, aber du kannst das Haus bewohnen und bist unser Gast."

Pasco schlug ein, ihm gefiel der Gedanke, über den Winter hier sesshaft zu werden. Doch für diesen Tag wollte er sich noch etwas im nahe gelegenen Dorf umschauen.

„Pass nur auf beim Schloss, hüte dich vor den bissigen Schlosshunden, die lassen niemanden hinein", rief ihm die Bäuerin warnend hinterher.

„... und vor dem bissigen Schlossherrn, dem alten Grafen!", knurrte der Bauer.

Das Schloss leuchtete von weitem in der hellen, herbstlichen Nachmittagssonne. Der Garten und die Rosenranken wirkten verwildert und ungepflegt ebenso wie der ehemalige Rasen. Der Wassergraben um das Schloss war mit leblosem, stinkendem Wasser gefüllt. Die Schlosshunde fletschten ihre Zähne, als sie Pasco sahen. Wie ungesund die Tiere wirkten

Pasco fühlte sich einerseits von der Ungepflegtheit des Schlosses und seiner Umgebung abgestoßen, andererseits aber zog ihn eine magische Kraft unweigerlich zu ihm hin.

Es schien ihm plötzlich, dass er so ein ähnliches Schloss schon einmal gesehen hatte, nur viel gepflegter, nach frischen Rosen duftend...

Er verwarf den Gedanken und schlenderte in das Dorf. Dort schaute er sich um und machte sich einen ersten Eindruck von der Gegend, in der er nun eine Zeit lang bleiben wollte.

Der Stadtplatz war hübsch gesäumt von gepflegten, stattlichen, farbigen Bürgerhäusern. Die Strasse führte durch ein Stadttor in den Stadtplatz hinein und am unteren Stadttor wieder hinaus. Der Ort wirkte etwas ruhig und verschlafen. Er kaufte einiges ein. Neugierig wurde der Fremde beobachtet, alle hätten gerne gewusst, wer er war, doch es traute sich noch keiner, ihn zu fragen.

Vorbei führte sein Weg an der Schlosskirche, die wohl gleichzeitig die Dorfkirche war. Sie wirkte etwas verwahrlost, der Putz fiel an einigen Stellen achtlos herunter und manche Scheibenstücke der farbenfrohen, künstlerisch gestalteten Kirchenfenster fehlten.
Orgelmusik drang aus der Kirche. Wie angewurzelt blieb Pasco stehen und lauschte der ausdrucksstarken Spielweise der Kirchenmusik. Er ging näher zur Kirche und wollte eintreten, doch sie war verschlossen. So lauschte Pasco, mit dem Rücken an einen kräftigen Walnussbaum gelehnt, der wunderschönen Musik.

Er sammelte noch einige Walnüsse, besuchte auf dem Heimweg nochmals den Bauern, schaute nach dem Rechten im Stall und besorgte sich noch zwanzig Eier. Unweit der Schmiede waren ein Pflaumen- und ein Apfelbaum, deren Früchte achtlos am Boden verfaulten. Er sammelte einige noch schöne Früchte und brachte sie ins Haus. Der Bauer hatte ihm erlaubt, Brauchbares aus dem Garten zu nutzen. Er pflückte frische Zitronenmelisse, Pfefferminze, Salbei und Lavendel und hing sie zum Trocknen auf.

An diesem Abend sollte es ein feines Festmahl geben. Er wollte sein neues Zuhause doch gebührend einweihen. Er zerrieb etwas von seinen Kräutern, legte sie in eine kleine Schale, gab kaltgepresstes Olivenöl und einige Spritzer Zitrone und etwas Orangenschale hinein und ließ das Ganze über einer Kerze verdampfen.
Er kochte sich eine Kräutersuppe mit frischem Rosmarin, Majoran und Thymian, mit Lauch und Zwiebeln, Petersilie und Sahne vom Bauern. Dann

66

grillte er sich über dem offenen Feuer einen Fisch, den er im Weiher gefangen hatte und einige Kartoffeln, die er im Garten ausgegraben hatte. Er zelebrierte seine Speisen auf einem silbernen Platzteller, einem Porzellanteller und mit seinem Silberbesteck. All das hatte er die weite Reise mit sich geführt.

Zum Nachtisch machte er sich einen gelbbraunen, duftig lockeren Kuchen. Er garnierte ihn mit den gekochten Äpfeln und Pflaumen. Einen extra Kuchen backte er für die Bäuerin als Dank für die goldgelben Eier.

Pasco war rundum zufrieden, satt und müde, ordnete seine Sachen, räumte alles auf und begann wie von einer fremden Kraft gesteuert zu malen. Ein Bild nach dem anderen entstand. Die Farben mischten sich spielerisch leicht, wie von selbst und Pasco zauberte die faszinierendsten Farb- und Lichteffekte auf die Leinwand. Erschöpft sank er auf sein Strohlager und wachte erst auf, als er von den ersten Sonnenstrahlen wachgeküsst wurde.

Er brachte der Bäuerin den duftenden Kuchen, half am Hof und im Stall, war glücklich und die Bauersleute waren es auch wegen der freundlichen Abwechslung, den Erzählungen und der guten fachmännischen Hilfe. In jenem Monat half Pasco noch bei einigen Geburten im Stall. Es kamen lauter gesunde Kälber zur Welt. Paso versorgte die Kühe und alle Tiere des Hofes und er las den Bauersleuten am Abend beim knisternden Feuer Geschichten vor.

An den Wochenenden verkaufte er gelegentlich einige Bilder vor der Kirche, lauschte der Orgelmusik, die korrekt und kraftvoll, aber mit wenig Gefühl gespielt wurde. Täglich ging er an dem Schloss vorbei. Mittlerweile freuten sich die Hunde, wenn er kam und schwänzelten immer ganz aufgeregt, wenn sie auf ihn warteten. Er stellte fest, dass ein großer Teil des Schlosses unbewohnt und vom Zerfall bedroht war.

Die Schlossleute sah er gelegentlich und nur von weitem, ausschließlich in schwarze Kleider gehüllt, verhärmt und abweisend. Einzig und allein eine junge Frau, wohl die Mutter von den fröhlichen Kindern, die gelegentlich im Schlossgarten spielen durften, - aber auch nur, wenn die alten Herrschaften verreist waren, - schien eine gewisse liebliche Ausstrahlung zu haben, die sie, wenn sie sich beobachtet fühlte, sofort wieder hinter ihrer Maske verbarg.

Unbewusst hatte Pasco großes Interesse am Schloss und am Leben hinter diesen trostlosen Schlossmauern. Die Bäuerin war dankbar für sein Interesse und sprudelte nur so über in ihren Erzählungen. Der Bauer mahnte sie immer wieder zu mehr Zurückhaltung. Doch sie sagte nur:
„Wenn es doch stimmt, was ich sage, sicher steht es noch viel schlimmer um die Seelen im Schloss..."
„Hast recht, Weib", murmelte der Bauer und schlief jedes Mal hinter seinem Kachelofen mit der Tabakpfeife im Mund ein.

Weihnachten rückte näher und Pasco konnte noch einige Bilder verkaufen. Er war froh für das Geld und kaufte auch für die Bauersleute gelegentlich ein, die es erst nicht annehmen wollten, dann jedoch glücklich und dankbar waren.

Pasco wusste, dass alles, was er gab, irgendwann und irgendwie wieder nachfloss, wenn man nur sein inneres Lächeln und Strahlen nicht vergaß und tief in seine Seele und in die göttlichen Kräfte vertraute.

„Sicherlich haben die Schlossleute den Glauben, das Strahlen und das Lächeln verloren, sonst könnte es ihnen ja gar nicht schlecht gehen", dachte er.

Er schrieb noch einige tiefgründige Gedanken zu diesem Thema und wurde bei seinen Künsten weiterhin von seinen inneren weisen Wesen geführt.

„Wie gut ich es doch habe, wie unendlich glücklich ich doch bin... !" Lächelnd schlief er ein und erwachte erst spät am Morgen des Heiligen Abends.

Am Ende eines langen Weges
wartet Licht und Ruhe...

Das zauberhafte Schloss-Weihnachtsfest

Gegen fünf Uhr abends erschien Pasco fein säuberlich in seinem frisch gebügelten (er hatte sich von einem verkauften Bild ein Bügeleisen erworben) und gestärkten weißen Hemd mit der seidenen, schwarzen Fliege. Sein Anzug war ebenfalls frisch gebügelt und er saß ihm schon etwas eng, obwohl er ihn damals extra etwas größer anfertigen lassen hatte. Sein langes, seidenes, tiefschwarzes Haar glänzte frisch gewaschen und war ordentlich zurückgekämmt. Seine dunklen Augen mit den goldenen Einschlüssen funkelten.

Er hatte einige Geschenke dabei. Gedichte und Bilder, einen Kuchen und zwei große Zauberspiegel, die er in den letzten Monaten mit viel Fleiß in der Schmiede aus unterschiedlichen Metallen und Edelsteinen gebastelt hatte.

Die Spiegel befanden sich in einer Art flachen Kiste. Der Deckel der Kiste war längs in der Mitte geteilt und konnte wie zwei Torflügel geöffnet werden. Er war aus glänzendem Messing und mit einigen Bergkristallstückchen und Spiegelsplittern verziert. Auf den Türflügeln stand in malerischer, geschwungener, feiner Schrift: *Das Tor zu dir...*

Hinter den Flügeln versteckt waren viele, unterschiedlich große Spiegelstücke so angebracht, dass man das Gefühl hatte, in einen unendlichen Spiegeltunnel hineinzugleiten. Verziert waren die Spiegel mit getrockneten weißen Rosenblättern und feinem Goldstaub. Der Blick verlor sich wirklich in den Spiegeln, in der Unendlichkeit. An den Scharnieren war ein winziger Zerstäuber angebracht, der beim Öffnen der Tore angenehmen Rosenduft versprühte. Ganz klein am untersten Rand eines Spiegelsplitters stand in der wunderschönsten Schrift, zierlich hingezaubert:

Lass dich durch dich entführen in dein inneres Reich.
Erkenne dich und dein Leben in den Spiegelsplittern
und im unendlichen Reich hinter den Spiegeln.

Dein Leben ist ein Spiel, ein glückliches Spiel,
welches JETZT gespielt,
jetzt gelebt und erfühlt werden will...

Pasco war wirklich stolz auf seine Kunstwerke. Sie waren so groß, dass er sie vorsichtig mit seinem Radanhänger transportieren musste.
Auf dem Hof angelangt besuchte er erst das Kalb Felicitas, ließ sich seine schwarzen, schon fast etwas zu kleinen Lackschuhe von ihm abschlecken und polierte sie anschließend an seinem weichen Fell.

Froh gelaunt trat er in die Stube. Die Bäuerin hatte alles ordentlich vorbereitet, schön dekoriert und die Kerzen am Eingang empfingen Pasco mit flackerndem, einladendem Licht. Der Weihnachtsbraten duftete im Rohr. Der Bauer und die Bäuerin erschienen in ihren schönsten Gewändern. Leise weihnachtliche Zithermusik und bäuerlicher Gesang spielten aus einem alten Grammophon. Pasco fühlte sich einfach wohl bei diesen herzlichen Leuten und sie waren froh, dass sie so einen hilfsbereiten, liebevollen Ersatzsohn gefunden hatten, der in den letzen Monaten nicht nur den Tieren, sondern auch der Gesundheit der Bauersleute half, indem er ihre verhärteten Herzen wieder öffnete, ihnen die Angst vor der Zukunft etwas nehmen konnte und ihnen beibringen durfte, mehr im Jetzt zu leben, mehr den Moment auszukosten und sich des großen Glückes und des Paradieses, in welchem sie lebten, doch bewusst zu werden.
Es war wirklich viel geschehen. Gerührt standen die Bauersleute in ihrer warmen, duftenden Stube und hielten sich an den Händen. Sie bestaunten ihren Ersatzsohn und Helfer. „Wie schön du doch bist, wie ordentlich und gepflegt, wo hast du das nur gelernt?", fragte die Bäuerin ehrfürchtig.
„Na, das ist doch ganz normal", antwortete Pasco etwas verlegen, obwohl er die Bewunderung in vollen Zügen auskostete.

71

„Lass uns nun zur Abendandacht gehen. Wie glücklich wir doch sind.... ,“ meldete sich der Bauer zu Wort.

„Was sollen denn der Anhänger und deine Geige hier?“, fragte der Bauer erstaunt.

„Ach so, das, das sind meine zwei ersten großen Kunstwerke. Es sind zwei Zauberspiegel. Den einen möchte ich vor der Kirche, den anderen im Eingang des Schlosses platzieren. Ich glaube, dort wird ein Zauberspiegel dringend benötigt“, sagte Pasco vergnügt.

„Im Schloss? Die lassen dich doch nie rein und die Wachhunde würden dich zerfleischen“, warnte ihn der Bauer besorgt.

„Das glaube ich kaum, die Hunde sind mittlerweile meine Freunde und den Zauberspiegel bringe ich an, wenn die Schlossherrschaft in der Kirche ist. Die vorderste Reihe ist doch für sie reserviert und ich habe gehört, dass sie sich ihren Auftritt dort nicht nehmen lassen. Lass mich nur machen...“, zwinkerte Pasco vielversprechend in das Abendlicht.

Stolzen Schrittes gingen sie am Schloss vorbei, das jedes Jahr noch etwas spärlicher beleuchtet war und ärmlicher aussah. Nur noch in wenigen Zimmern brannte Licht. Grosse Teile des Schlosses konnten nicht mehr beheizt und bewohnt werden.

„Wie traurig das doch alles ist. Wie schön war es doch, als die alte Gräfin das alles noch im Griff hatte. Aber nach ihrem Tode verspekulierte der alte Graf beinahe sein ganzes Vermögen und seither ist er tief unzufrieden.

Das ganze Gut und seine Schulden hatte er seiner Tochter vererbt. Die Bediensteten behandelte er unhöflich und warf einen nach dem anderen hinaus. Seine jüngere Tochter hatte er aus dem Hause verbannt, weil ihm der Ehemann, ein Ausländer niederer Herkunft, nicht passte. Den Ehemann der älteren Tochter, die sich rührend um das Schloss und die Großeltern kümmerte, hatte er durch seine ständigen Nörgeleien und Intrigen vertrieben.

Die ältere Tochter, Gräfin Angelika, war eine reizende Person mit Einfühlungsvermögen und einem gar verzaubernden Lächeln. Sie liebte ihre Kinder und hätte sie so gerne in einer fröhlicheren Umgebung und mit

Kontakt zu anderen Kindern erzogen. Doch der alte Graf verbot ihnen den Umgang mit anderen Kindern und den fremden Kindern den Zugang zum Schloss. Der Privatlehrer konnte dem alten Herrn Grafen nichts Recht machen und obwohl das Geld knapp war, verbot dieser, dass die Kinder die Dorfschule besuchen durften.

Keine Freude, keine Wärme, keine Liebe mehr in diesem Schloss, alles war tot und Angelika versteinerte langsam hinter ihrer Maske. Pasco hatte sie gelegentlich heimlich in der Kirche beim Orgelspiel beobachtet, wenn sie vergessen hatte, die Kirchentüre abzusperren. Wie zauberhaft sie lächeln konnte, wenn sie ihre Maske ablegen durfte und nur noch dem Klang der Musik folgte. Was für ein schönes, zartes, filigranes Wesen.
Auch an diesem Abend würde sie in der Kirche spielen, doch sicherlich verschanzt hinter ihrer versteinerten Maske.

Die Kirche war schon halb gefüllt. Pasco blieb noch draußen, während die Bauersleute hineingingen und ihre Plätze einnahmen, Frauen links, Männer rechts, die erste Reihe war freigehalten für die Schlossherrschaft, die eben in diesem Moment Einzug hielt. Leichtes Hüsteln und Räuspern war zu vernehmen, ansonsten war es still in der Kirche. Als die ersten Orgelklänge ertönten, stellte Pasco sein Kunstwerk neben der Kirche auf. Den zweiten Zauberspiegel brachte er in den Schlossgarten und platzierte ihn direkt vor dem großen Eingangstor. Die Schlosshunde wedelten und schnupperten an dem Kunstwerk und an den übergroßen Kerzen, die er rechts und links vom Spiegel entzündete.

Er eilte zur Kirche zurück, nahm seine Geige aus dem Anhänger und schlich vorsichtig auf die Empore, wo die Orgel stand. Er beobachtete liebevoll das versteinerte, maskenartige Gesicht der jungen, so hübschen und gepflegten Gräfin und er fühlte sich mit ihr irgendwie tief verbunden. Sie tat ihm Leid, wie sie die Musik zwar korrekt und genau spielte, aber nicht fühlen konnte…

Der Pfarrer verlas die Weihnachtsgeschichte und einige Gebete wurden gemeinsam gesprochen. Bis auf die Kinder waren die Leute in den ersten zwei Reihen wie eingefroren und versteinert und die Kälte bedrückte auch die anderen Anwesenden.

Die Gräfin setzte zum letzten Lied an und Pasco führte, von allen unbemerkt, seine Geige zum Kinn. Wunderschöne Geigenmusik erklang und begleitete die Orgelklänge. Irritiert schaute sich die Gräfin um, doch der Zauber war größer. Sie entschwebte in weite, liebliche Sphären, sie hörte Klänge, die sie reiner noch nie vernommen hatte und sie spielte, ja sie spielte mit einer solchen Inbrunst, mit so viel reinem, klarem Gefühl. Ihre zarten Hände tanzten über die Tasten, ihre zierlichen Füße drückten elegant die Orgelpedale. Sie fühlte sich so glücklich und weit entrückt.

Das Stück verstummte. Da legte Pasco die Geige beiseite und sang mit der reinsten Stimme, hell, klar und kräftig das „Ave Maria". Auch er war nicht mehr von dieser Welt, er sang und sang so rein, so klar und allen Anwesenden zauberte sein Gesang und die gefühlvoll gespielte Orgelmusik von Angelika einen Glücksschauer auf die Haut und einen Zauberschein in ihre Herzen.

Alle drehten sich Richtung Empore. Auch die Schlossherrschaft. Sie sahen niemanden, sondern vernahmen nur die reinsten Klänge und spürten goldenes, liebevolles warmes Licht. Ehrfürchtig erhoben sie sich und alle begannen aus voller Kehle und trotzdem klar mitzusingen. Auch sie waren alle entrückt und verzaubert. Ihre Stimmen klangen so rein, so fein aufeinander abgestimmt, dass so manche Träne im Kerzenschein des Weihnachtsbaumes glänzte.

Als der Gesang verstummt war, ertönten noch einmal die wundervollen Geigenklänge. Die Gräfin begleitete Pasco ohne Noten, ja, es spielte einfach durch sie hindurch, ihre Hände wurden geführt und geleitet. Ihre

Maske hatte sie verloren. Sie lebte seit langem endlich wieder. Sie fühlte sich frei und so unendlich reich.

Für einen kleinen Moment konnte sie die Umrisse des zauberhaften Jünglings erspähen. Doch als sie nochmals umschaute, war er verschwunden. Die Musik verklang, die Herzen waren geöffnet, weit geöffnet, und die Menschen reichten sich die Hände und fielen sich in die Arme. Selbst die Schlossherrschaften reichten den Kirchenbesuchern hinter sich die Hände und lächelten, zwar noch etwas maskenhaft, doch immerhin, sie lächelten.

Wie goldener, feiner Zauberstaub rieselten die versiegenden Töne über die Menschen und verzauberten sie noch tiefer.

Angelika schritt vor an die Brüstung und stellte eine große Kerze vor sich hin. Mit dem lieblichsten Gesicht, noch ganz umgeben vom Zauber der Musik und der Magie des Jünglings, sprach sie mit sicherer, gehaltvoller Stimme in die Stille hinein:
„Heute, in dieser Zaubernacht, möchte ich Sie alle auf unser Schloss einladen. Heute Abend geht es nur darum, dass dieser Zauber weiterlebt. Ich lade Sie ein, doch bitte ich Sie gleichzeitig, etwas Holz und Kerzen mitzunehmen, damit wir unseren großen Spiegelsaal wieder einheizen und beleuchten können. Wie Sie richtig gehört haben, sind wir verarmt und trotzdem heute Abend die reichsten Menschen... . Sie werden erstaunt sein, in welch schlechtem Zustand Sie das Schloss vorfinden werden. Doch lassen Sie uns heute Abend gemeinsam die Musik und die Kerzen, das Licht, die Wärme und die Liebe weitersprechen!", und kurz etwas unsicher werdend, in Gedanken an diesen Zauberjüngling jedoch sofort wieder neuen Mut schöpfend, fügte sie hinzu:
„... ähm, und Sie, Herr Vater, Sie sind auf das Herzlichste eingeladen... und auch Sie dürfen endlich Ihre steinerne Maske ablegen."

Mit Freudentränen stieg sie die knarrende Holztreppe hinunter. Sie zweifelte kurz, was sie da getan hatte, doch schon eilten ihr ihre Kinder freudenstrahlend entgegen und hinter ihnen eine fröhliche Schar weiterer Kinder.

„Stimmt das, Mami, echt, dürfen die alle zu uns? Jetzt wird es endlich wieder schön im Schloss, oh Mami, wir wussten es, du bist einmalig, wir lieben dich so..., das wird das schönste Weihnachtsfest!"

Die Bevölkerung ging dankbar, bewundernd und mit fragendem Blick an der Gräfin vorbei. Sie nickte etwas geistesabwesend, aber überaus glücklich.

Nachdem Pasco noch einen Teil von Angelikas Rede gehört hatte, entfernte er den Spiegel vor der Kirche und brachte ihn eilig auf die Terrasse vor den Spiegelsaal. Auch den Spiegel vor dem Eingang des Schlosses platzierte er nun gekonnt auf der Terrasse. Die Terrasse war noch dunkel und niemand konnte vorläufig die Spiegelkunstwerke sehen.

Eine verdutzte Angestellte öffnete ihm und er bat sie, alle Kerzen anzuzünden, den Spiegelsaal einzuheizen und alle Türen zu öffnen. Die Hausangestellte war von Pasco wie verzaubert und tat, wie ihr geheißen. Sie rief der Köchin zu, dass sie einen guten Weihnachtspunsch aufsetzen soll mit allem, was sie noch finden könnte.

„Ja", rief ihr Pasco hinterher, „jetzt wird alles anders, jetzt zieht hier wieder Freude und Leben ein!"
Das ließ sich die fröhliche Köchin nicht zweimal sagen, singend setzte sie den besten Weihnachtspunsch auf.

Allen voran die Kinder, strömten die Mensche mit Laternen, Kerzen und Holz bepackt zum Schloss. Einige hatten Essenskörbe, Wein und Punsch dabei. Wie froh sie alle waren, endlich war das Eis gebrochen.

76

Auch die Schlossherrschaft war wie verwandelt, die Angestellten freuten sich und waren sich sicher, dass jetzt alles anders würde. Nur der alte Herr Graf blickte noch etwas pikiert, doch es schien, dass auch ihm schon ein leichtes Lächeln über das Gesicht huschte.

Gräfin Angelika schwebte im weitesten Sinne über allem. Sie konnte noch immer nicht begreifen, was sie da angerichtet hatte, wer da durch sie gesprochen hatte. Alle Verbote, alle alten Gepflogenheiten hatte sie gebrochen, doch sie liebte diesen neuen Zauber, diese neue Freiheit, in der sie da schwebte... (... denn hatten nicht schon früher, große, weise Menschen aus bedeutenden Herrscherhäusern den Kontakt und die Liebe zum Volke gesucht...?)

Die Kerzen und das Feuer brannten in dem Spiegelsaal, alle waren versammelt und lachten und unterhielten sich so ungezwungen, dass es eine Freude war. Die dicke Köchin traute sich einfach singend und lachend in die oberen Räume. Mit einer Selbstverständlichkeit, als ob das schon immer so gewesen wäre, teilte sie Weihnachtspunsch aus. Die Leute teilten ihre Habseligkeiten. Immer wieder eilten einige nach Hause, um noch mehr Köstlichkeiten zu holen. Es war das schönste Fest, das die Gräfin, und übrigens auch der alte Herr Graf, der von Minute zu Minute etwas fröhlicher wurde, je erlebt hatten.
Die Kinder brachten ihre Musikinstrumente mit und die Gräfin setzte sich ans Klavier. Erst spielten sie einige Weihnachtslieder und die kleine Anna las nochmals die Weihnachtsgeschichte.

Immer wieder spähte Angelika Richtung Eingang. „Ob er noch kommt?", fragte sie sich mit klopfendem Herzen.

Doch Pasco war sehr beschäftigt. Er eilte zu seiner Werkstätte und packte nun alle Zauberkunstwerke, die er an den langen, einsamen Winterabenden gebastelt hatte, ein. Verschiedene Zauberspiegel, Spiegelbücher, Spiegelkugeln, Glaskugeln, sich in Metallspiralen drehend, verspiegelte Kerzenleuchter, wertvolle, mit Metall, Glas und Spiegeln angefertigte Bilder, mit Goldstaub bestäubte Bilder mit tiefsinnigen Sprüchen, Gedichte auf Pergamentpapier und teilweise schon auf golden glänzenden Tafeln geschrieben, und vieles mehr. Er lud alles auf seinen Anhänger und radelte schwerbepackt Richtung Schloss. Heute jedoch nicht um zu verkaufen. sondern um zu verzaubern... .

Er hörte die fröhliche Stimmung von weitem und lächelte in den Himmel hinauf zu den Sternen: „Danke, Mama, für die gute Idee..., danke für die Führung!"

Pasco arrangierte all seine Kunstwerke auf der Terrasse vor dem Spiegelsaal. Alles war noch dunkel draußen; und drinnen herrschte fröhliche Stimmung. Er beobachtete das Ganze durch die verschmutzten Glasscheiben. Doch heute strahlte selbst der Schmutz wie verzaubert und freute sich, dass endlich wieder Leben und Freude in das Schloss einkehren durften.

Die Gräfin entlockte dem Flügel lieblich und zärtlich, mit besonderer Andacht und Anmut das „Adagio in g-minor" von Tomaso Albinoni.

Pascos Hände griffen zur Geige, er stand am Fenster und spielte ebenfalls mit einer solchen Anmut, dass er sich verlor, es spielte durch ihn durch, während er hoch oben über dem Schloss zu schweben schien.

Die Gräfin befand sich im Spiegelsaal, sie war zwar körperlich anwesend, auch hier spielte eine höhere Leichtigkeit durch sie hindurch. Angelika war weit entrückt, ihre Seele schwebte in den höchsten Sphären. Sie traf sich mit diesem Wunderjüngling hoch über dem Schloss. Sie schwebten und tanzten und fühlten sich auf einmal so tief verbunden mit Elisabeth, Pascos verstorbener Mutter.

In diesem Moment glitt der Körper von Pasco durch die geöffnete Glastüre (oder war sie noch geschlossen...?). Die Geige spielte wie von selbst

- oder wie von Mama Elisabeths Händen und ihrer Seele und ihrem Herzen geführt - ihre ganz eigene Musik. Die verzaubernde, anmutige Musik von Elisabeth.

Angelika begann auf dem Klavier mitzuspielen. Ach, wie lange hatte sie dieses Stück nicht mehr spielen dürfen, seit Elisabeth vom Schloss gejagt wurde. Tränen stiegen ihr in die Augen, doch die Tränen verwandelten sich in Freudentränen.

Auch ihre Hände schwebten von fremden (oder altbekannten...?), Händen liebevoll geführt über die Tasten.

Ängstlich blickte sie sich kurz zum alten Herrn Grafen um, denn er war es, der das Lied von Elisabeth damals verboten hatte. Doch der saß gemütlich in seinem Rollstuhl und summte vor sich hin... Was für ein Wunder!

Über dem ganzen Schloss schwebte ein leichter, heller Zauberglanz des Verzeihens und Vergebens; der Wunsch, Altes hinter sich zu lassen und Neues zu erfahren.

Pasco stand neben Angelika und berührte sie ganz leicht mit seinem Körper. Mit einem Mal schoss es ihr durch das Herz, es fühlte sich an, als ob ein verlorenes Kind, eine alte Seele, das Glück nach Hause brächte. Doch ihre Hände huschten weiter gefühlvoll über die Tasten und ihr Herz war übervoll vor Freude. Sie schämte sich ihrer Tränen nicht, die nun unaufhörlich aus ihren verschwommenen - und innerlich doch so klar sehenden - Augen und über ihr Gesicht liefen und auf die Tasten tropften.

Ihre Kinder zupften an ihr: „Hallo, Mama, bist du traurig?"

„Nein, meine Lieben, ich bin unendlich glücklich, so glücklich wie noch nie. Meine Tränen waschen nur die alte Traurigkeit weg, und da gibt es viel wegzuwaschen. Doch ich verspreche euch, jetzt wird alles anders, ab sofort werdet ihr ein fröhliches, glückliches Zuhause haben, mit vielen anderen Kindern. Ach, wie ich euch doch liebe."

„Wir dich doch auch, Mami!". Und schon waren sie wieder mit den anderen Kindern verschwunden und fühlten sich glücklich wie noch nie. Was für ein Weihnachtsfest...

Die Musik war verstummt, die Köchin hatte mittlerweile fröhlich die Kerzen auf der Terrasse entzündet und die vielen Glastüren geöffnet. Pasco zog sich mit seiner Geige zurück auf die Terrasse und begann das „Ave Maria" zu spielen.
Er legte die Geige beiseite und sang nun wieder mit dieser reinen, verzaubernden Stimme. Die Menschen aus dem Spiegelsaal folgten ihm und stimmten unter dem Sternenhimmel in dieses wundervolle Lied mit ein.
Anschließend spielte Pasco nochmals auf seiner Geige und die fröhlich verzauberten kleinen und erwachsenen Kinder konnten die Kunstwerke bestaunen. Die Kinder spielten interessiert mit den Glaskugel-Spiralen und den Spiegelbüchern. Die älteren scharten sich um die großen Zauberspiegel und ließen sich verzaubern.

Bei den Zauberspiegeln, den Bildern mit den Sprüchen und den Pergamentrollen, konnte so mancher tief in seine Seele blicken und lernen, alles von anderen Standpunkten aus zu verstehen.

Es wäre so leicht, einfach etwas mehr in sich selbst und in die anderen hineinzufühlen, sich selbst und andere besser zu verstehen und so beherzt über den eigenen Schatten zu springen und zu seinen Schwächen zu stehen, wie Gräfin Angelika dies an diesem denkwürdigen Abend getan hatte, dachten sich viele und nahmen sich vor, auch bei sich selber zu beginnen, Dinge zu verändern.

Pasco war, wie Cinderella, bereits wieder verschwunden. Keiner schien ihn so richtig zu kennen. Doch die Gräfin wusste tief in ihrem Herzen, dass ihr der Jüngling noch vieles würde beibringen können.

Sie fühlte wie eine beherzte, glückliche Mutter... und über allem schwebte der Glanz und der Rosenduft von Elisabeth..., die endlich ihre Ruhe gefunden und das Wichtigste gelernt und gelehrt hatte:

> *... vergeben und verzeihen,*
> *Altes loslassen,*
> *um Neues zuzulassen...*

Harmonie und Ruhe kehrt ein,
wenn wir verzeihen...

Epilog:

Die Nachricht von dem zauberhaften Weihnachtsfest verbreitete sich auch unter dem Adel wie ein Lauffeuer. Die einen rümpften pikiert die Nasen (sie waren ja auch nicht bei dem Fest dabei gewesen...), die anderen zweifelten noch etwas, ob das wohl richtig war, doch dachten auch sie schon insgeheim daran, auf diese Art eventuell wieder etwas Schwung und auch Geld in die verstaubten alten Schlösser zu zaubern.

Eine besondere Gruppe, und das waren die, die gönnen können und dabei waren, Dinge von neuen Standpunkten aus zu betrachten, bewunderten die Gräfin aus ganzem Herzen und schickten ihr anerkennende Telegramme.

Es tut gut, Komplimente zu erhalten und auch sehr gut, Komplimente zu geben... . Komplimente und gegenseitige Wertschätzung verbinden.

Angelika erfuhr über die Bauersleute noch viel mehr über den zauberhaften Jungen, auch wo er wohnte, und seither besuchte sie ihn regelmäßig in der alten Schmiede. Sie hatte ihn eingeladen, im Schloss zu wohnen. Doch er blieb gerne in seinem Reich, wo ihm so viele gute und künstlerische Einfälle kamen. Er war stolz und glücklich, dass er mit seinen Kunstwerken und seiner Arbeit bei den Bauersleuten, bereits seinen Lebensunterhalt verdienen konnte, und er brauchte ja nicht viel zum Glücklichsein. Doch besonders stolz war er, dass er den roten Samtbeutel bisher nie öffnen musste...

Angelika und Pasco wussten beide, dass sie irgendwie zusammengehörten, verwandte Seelen...

Den alten Grafen besuchte Pasco gelegentlich und sie sind gute Freunde geworden. Durch den Zauber von Pasco hatte sich der Graf in einen liebenswerten älteren Herrn, mit einem besonderen allwissenden Schmunzeln verwandelt. Er schenkte Pasco eine alte Fotokamera und wies ihn in die Kunst des Bilderzaubers ein. Pasco begann damit, besondere Momente künstlerisch festzuhalten und mit seinen anderen Fertigkeiten zu einzigartigen Werken zu gestalten.

Einige Freunde gesellten sich zu Pasco, wohnten einige Zeit bei ihm oder auf dem Bauernhof, um mit ihm gemeinsam weitere Kunstwerke zu zaubern, dem Wasser zu lauschen oder den Geschichten im Feuer zuzuschauen. Oft gingen sie gemeinsam in die nahegelegenen Berge, um den Gebirgsbächen und den Wasserfällen zuzuhören und neue Materialien für ihre Kunstwerke zu sammeln.

Von Elisabeth und seinem Vater berichtete er noch keine Einzelheiten, er wollte sich da erst ganz sicher sein.

Pascos Ahnung bestätigte sich an seinem zwanzigsten Geburtstag, als er den Brief von Elisabeth mit der Aufschrift: „Erst an deinem zwanzigsten Geburtstag zu öffnen...." las. Doch das Geheimnis behielt er noch lange für sich, denn er war glücklich und dankbar so wie alles war.

Pasco beschloss zusammen mit der Gräfin Angelika Kunstausstellungen im Schloss zu veranstalten. Sie luden viele Künstler aus der Gegend ein und gestalteten herrliche Schlossparkfeste mit viel zauberhafter Musik, bei denen wieder die ganze Bevölkerung eingeladen war.

Den Bauersleuten ging es dank Pascos Hilfe auch immer besser. Seit wieder Geld in die Schlosskasse floss und Gräfin Angelika sie regelmäßig besuchen kam und sie wieder unterstützen konnte, fühlten sie sich rundum glücklich und zufrieden.

Die Schlossfeste wurden zu einer festen Tradition. Nach der langen Zeit wusste eigentlich niemand mehr so genau, wie diese Idee überhaupt geboren worden war und wer damit angefangen hatte. Denn viele Schlossherrinnen und Schlossherren hatten mittlerweile ihre Schlösser und ihre Herzen geöffnet.

Wir sind wohl nicht alles Schlossbesitzer, doch jeder von uns hat die Möglichkeit, sein Haus, sein Unbewusstes, seine Seele, sein Herz zu öffnen, um bedingungslose Liebe auszusenden und bedingungslose Liebe zu empfangen, denn:

> *... erst wer sich selber von ganzem Herzen*
> *bedingungslos liebt und akzeptiert,*
> *kann wertvolle Liebe weitergeben...*

> *... und so bleibt die Liebe im Fluss*
> *und findet auf zauberhafte Weise zurück...*

In diesem Sinne: Öffnen auch Sie Ihr Schloss, Ihr Haus, Ihre Seele und ihr Herz und freuen Sie sich auf Ihre eigene Veränderung und die in Ihrer näheren und weiteren Umgebung.

... und wenn es wirkt, (und warum sollte es nicht wirken?...), geben auch Sie die Idee weiter, denn Sie wissen ja, gute und schöne Ideen und Zaubergeschichten sollte man von Herzen weiterschenken.

... und alles wird sich vermehren, ... und der Zauber, der zu Ihnen zurückfließt, sei Ihnen gewiss...

Ursula, Pasco, Elisabeth und Angelika

... ach, übrigens:

... auch ich weiß, dass Gutes zu sagen viel leichter ist als es täglich umzusetzen. Doch lassen Sie uns einfach jeden Tag wieder neu damit beginnen, auch wenn wir Rückschläge erleben.

Ich bin mir sicher, und Pasco übrigens auch, dass es sich für uns selber und unsere Mitmenschen lohnt, wenn wir darin weitermachen..., und irgendwann wird es zur Selbstverständlichkeit..., denn:

... unser Leben ist genau das,
was wir in jeder einzelnen Sekunde daraus machen...

Es kommt auf unseren Standpunkt an,
wie wir die Dinge betrachten...
... und unseren Standpunkt können wir jederzeit verändern.

Es liegt in unserem Ermessen,
die Dinge so zu sehen, wie es uns gut tut...

Verschenke dein Lächeln und deine Liebe,
und sei dir gewiss, dass wertvolle Liebe
wie das Wasser dauernd nachfließt
und dich unaufhörlich nährt und stärkt.

Über die Autorin:

Ursula Göttinger lebt seit 25 Jahren mit ihrem Mann Dr. med. Werner Göttinger, 80 Kilometer östlich von München. Sie ist Mutter zweier erwachsener Söhne.

Nach fundierten Ausbildungen arbeitet sie in eigener Naturheilpraxis (HPG) mit den Schwerpunkten Psychotherapie und klinisch medizinischer Hypnose und Hypnotherapie.

Sie leitet und gestaltet verschiedene Kurse zu den Themen Selbsthypnose, Bewusstseinserweiterung und Mentaltraining für Erwachsene und Kinder. Sie hat zu diesen Themen drei Bücher geschrieben und schreibt derzeit an einem neuen Buch.

Ihr Ziel ist es, in der schnelllebigen Zeit durch ihre Therapieverfahren, ihre Seminare und ihre Bücher interessierten und Rat suchenden Menschen Zeit zum Loslassen und den Weg zu innerer Ruhe zu vermitteln.

Weitere Bücher von Ursula Göttinger:

Das Spiegelbuch
Eine kleine Geschichte auch für große Kinder,
die das Suchen und das Staunen noch nicht verlernt haben

Ursula Göttinger

ISBN 3-89811-125-3

***

In Zusammenarbeit mit ihrem Mann, Dr. med. Werner Göttinger, sind
erschienen:

Bewusst ins Unbewusste
Das Unbewusste nutzen mit
Hypnose und Selbsthypnose

Göttinger/Göttinger
ISBN 3-8334-1450-2

***

Lebenstraum, Traumleben
Spielend lernen im Zauberschlaf

Patientenberichte, Metapherngeschichten zum Thema Hypnose,
Hypnotherapie und Selbsthypnose

Göttinger/Göttinger
ISBN 3-8334-1748-X
***
Alle Bücher sind zu beziehen bei der Autorin

Kurse und Ausbildungen

Zu den Themen:

Klinisch-medizinische Hypnose und Hypnotherapie

***

Anleitung zur Selbsthypnose

***

Weitere Themen auf Anfrage.

Praxis für Psychotherapie und Hypnose

Naturheilpraxis Ursula Göttinger
Peter-Hans-Str. 10
D-84494 Neumarkt-St.Veit
Tel. (0049) 08639 70 97 70
Email: nini@spiegelbuch.de
www.praxis-goettinger.de

Musikquellen:

Adagio in g-minor für Streicher und Orgel
Tomaso Albinoni (1671-1751)
Ave Maria
Johann Sebastian Bach (1685-1750)

Fotos:
Ursula Göttinger

Zitate:
Wenn nicht anderes vermerkt, von: Ursula Göttinger